कथा-अंजलि

(कथा संग्रह)

डॉ प्रवीण कुमार श्रीवास्तव

साहित्यपीडिया पब्लिशिंग

साहित्यपीडिया पब्लिशिंग

नोएडा (भारत) – 201301

दूरभाष - (+91)-961-806-6119

ईमेल - publish@sahityapedia.com

वेबसाइट - publish.sahityapedia.com

© 2018 डॉ प्रवीण कुमार श्रीवास्तव

सर्वाधिकार सुरक्षित

प्रथम संस्करण - 2018

ISBN - 978-81-933570-8-8

पूज्यणीय माँ को समर्पित

*****

कथा-अंजलि, कथा संग्रह

प्रस्तावना

पाठक मित्रों "कथा–अंजलि" कहानी-संग्रह मेरी विगत तीन वर्षों की सतत साधना का परिणाम है। मैंने अपने जीवन –काल मे घटित विभिन्न घटना क्रमों को आधार बनाया है, इनका सजीव भाषा चित्रण किया है। कथा–संग्रह मे शिक्षा, चिकित्सा विज्ञान एवं धार्मिकता के साथ ग्रामीण परिवेश का अद्भुत संगम है। मित्रों "कथा–अंजलि" कथा संग्रह मैं अपनी पूज्यनीया माँ के श्री चरणों मे समर्पित कर रहा हूँ। उनके आशीष व प्रेरणा एवं मार्गदर्शन के बिना मेरा ये प्रयास सर्वथा अधूरा है।

डॉ प्रवीण कुमार श्रीवास्तव

अनुक्रम

दुखी मन मेरे

य ह कहानी उन मानसिक रोगियों को समर्पित है जिन्होने अपनी जिन्दगी में खुशी का कोई क्षण अनुभव नही किया है। यह अजीब विडम्बना है कि जीवन में हर समय खुशी एव गम के पल आते जाते रहते है परन्तु इन रोगियों का जीवन हमेशा-हमेशा के लिय गम एवं समस्याओं से भरा रहता है। सामाजिक तिरस्कार, उपेक्षा एवं मानसिक पीड़ा इन रोगियों का जीवन जीना दूभर कर देतें है। आशंकाओं से ग्रस्त रोगी खूबसूरत पलों को न महसूस कर पाता है और न ही जी भर के जी पाता है। मानसिक रोग दीमक की भांति वृक्ष रूपी जीवन को आजीवन खोखला करता रहता है। फल-फूल से सुशोभित जीवन की सुन्दरता मात्र वाह्य

आवरण ही सिद्ध होती है व आन्तरिक सौन्दर्य आन्तरिक खोखलापन ही साबित होता है।

अपने जीवन में सुख पाने की चाह के मूल उद्देश्य से दूर व भटके मनुष्य गुमराह, गली के हर मोड व प्रत्येक चौराहे पर अथवा घर-घर में मिल जायेंगें जो अपने जीवन को न केवल भार समझते है अपितु, उनके नाते रिश्तेदार सगे सम्बन्धी भी उनके जीवन को बेकार समझते है। ऐसा नही है कि यह व्यक्ति रचनात्मकता से दूर है बल्कि, अपने जीवन को रचनात्मक बनाने के उनके जीवन में कई अवसर आते है परन्तु आत्मविश्वास की कमी, अर्थिक संसाधनों का अभाव व औषधियों का नशीला जहर इन व्यक्तियों के जीवन को बोझ महसूस कराता है। परिणामतः रचनात्मक विकास अवरुद्ध हो जाता है व जीवन का सुख दूर हो जाता है।

जीवन के इसी मुकाम से श्यामबाबू भी गुजरे है। रचनात्मक, चिन्तक, विचारक व कवि बनने की चाह न जाने कब उन्हें मानसिक रोगियों की कतार में खड़ी कर गयी उन्हे पता ही नही चला। वे अत्यन्त मेधावी थे और उन्हे उनके शिक्षक एवं मित्र, प्यार से डाक्टर कह कर बुलाते थे। उन्हे ज्ञान की प्यास बुझाते हुये हर समय देखा जा सकता था। वे हर समय गूढ़ साहित्य एवं लेख कहानियां पड़ने में व्यस्त रहते थे। श्यामबाबू के पिता पुत्र के इस व्यवहार से चिन्तित रहते थे। धैर्य, गाम्भीर्य एवं बुर्जगियत उनके बचपन को समाप्त कर रही थी। बचपन की शोख चंचलता व बाल सुलभ क्रीडा उनमें कम ही देखने को मिलती थी। जैसे लगता था कि वे जन्मजात

बड़े भाई का किरदार बखूभी निभा रहे हैं। अभी तो वे मात्र 15 वर्ष के ही थे, तथापि उन्होने रामायण, भागवत व गीता आदि का अध्ययन कर लिया था। सुख सागर के मार्मिक प्रसंगों पर करुण स्वर में रुंधे गले से पाठ करते हुये उन्हें सभी ने देखा होगा। ऐसा प्रतीत होता था जैसे कि श्यामबाबू स्वयं ही भागवत की कथाओं के रचनात्मक व मार्मिक करूणा युक्त प्रसंगों को साकार व सजीव रूप में अपने ही किरदार को जी रहे हो व उन अध्यात्मिक किरदारों के मनोविज्ञान का अनुभव कर रहे हो उनकी ऐसी हालत देखकर व्यंग्य से उन्हें उनके मित्र उन्हे पागल कहकर पुकराने लगे। यह व्यंग्य श्यामबाबू को मानसिक रूप से कचोटता था जिसका उन्होने कभी कोई प्रत्युत्तर नही दिया व मित्रों का अज्ञान समझकर उसकी उपेक्षा कर दी।

अब श्याम बाबू 18 वर्ष के हो गये थे। उच्च शिक्षा हेतु उन्होंने डिग्री कॉलेज में प्रवेश लिया। उन्हे अपार खुशी तब मिली जब उन्होने बी0एस0सी0 की डिग्री प्रथम श्रेणी में उत्तीर्ण की व विश्वविद्यालय में प्रथम आकर अपने गुरूओं का मान बढ़ाया। उनकी अपार खुशी को मित्रों ने यूफोरिया का नाम दिया। जिसे सुख की अनुभूति मानकर श्यामबाबू ने संतोष कर लिया।

जीवन के इस पड़ाव पर श्यामबाबू ने उच्चतर शिक्षा प्राप्त करने की ठान ली। श्यामबाबू की सफलता ने मित्रों के व्यवहार में परिवर्तन कर दिया था। वे अब श्याम बाबू से ईर्ष्या करने लगे थे व उनका असहयोग शुरू हो गया था। बात-बात पर उलझना, चिड़चिड़ाना व व्यंग्यबाण मारना मित्रों के

व्यवहार में शुमार हो गया था। श्यामबाबू जीवन के इस मुकाम पर अकेले पड़ गये थे। अब उनका जीवन संघर्षमय हो गया था। ईर्ष्या, द्वेष व उपेक्षा से श्यामबाबू का मन अवसाद ग्रस्त हो गया था। उन्हे पता ही नही चला कि कब नकारात्मक विचारों ने उनके मन में घर कर लिया। जीवन की खुशियां कब दूर होती चली गयी कुछ पता ही नही चला। श्यामबाबू जीवट के व्यक्तिव के थे। हारना उन्होने कभी नही सीखा था। उनकी तर्क शक्ति अकाट्य हुआ करती थी जो उन्हे बेमिसाल बनाती थी। बचपन से वे रचनात्मक शक्ति के भण्डार थे। कविता कहानियों का सृजन उनकी मेधा का पुरस्कार था परन्तु अकेलापन उन्हे काटने को दौड़ता था। अच्छे मित्रों के अभाव ने उन्हे व्यथित कर दिया था। अब उन्हे केवल अपने परिवार का ही सहारा था जो हर वक्त उनके साथ खड़ा था।

माता की ममता एवं पिता का सम्बल पुत्र के मनोबल के लिये अत्यन्त आवश्यक है। जीवन के हर दुष्कर मोड़ पर माता-पिता का साया हमे संरक्षण देता हैं व आत्मविश्वास में बढ़ोत्तरी करता हैं एवं मानसिक रूप से उसे सशक्त बनाता है।

चिन्ता एवं सघन विचारों से ग्रस्त श्यामबाबू की हालत माता पिता ने देखी, तो सगे सम्बन्धियों से बात की। श्यामबाबू संगठित जीवन से बिखर गये थे उनकी विद्या अध्ययन के प्रति रूचि जाती रही। रहनसहन व दैनिक दिनचर्या भी अनियमित हो गयी। वे देर तक शयन करते थे। प्रातः की खुली धूप भी उन्हे अरूचिकर प्रतीत होती थी। अपने जीवन के प्रति इस अरूचि

एवं बेरूखी से माता-पिता तक परेशान थे। अन्ततः उन्होने सभी सामान्य चिकित्सकों से लेकर विशेषज्ञों को दिखाकर परामर्श लिया, सभी का कहना था कि उन्हें कोई रोग नही है। मां की ममता ने वैज्ञानिक पद्धतियों का मोह छोड़कर झाड़-फूक हेतु ओझा-गुनी आदि के दरबार पर भी दस्तक दी। जहाँ पर सभी ने उन्हे किसी रोग व भूत-प्रेत की सम्भावना से इन्कार किया। श्यामबाबू का वैज्ञानिक मन कौतूहलवश इन समस्त परावैज्ञानिक शक्तियों का अध्ययन कर रहा था। अन्ततः उनके मन में भी एक प्रश्न उभरा कि आखिर उन्हे है क्या ? आखिर आपने जीवन से बेरूखी क्यों ?

उच्चतर शिक्षा के प्रथम मुकाम पर आखिरकार उन्हें इस प्रश्न का उत्तर मिल ही गया। मां ने स्वंय अभिवावक की भूमिका निभाते हुये उन्हे मानसिक चिकित्सक से परामर्श लेने के लिये कहा। इतना ही नही वे स्वयं साथ में गयी और उन्होने चिकित्सक महोदय से अनुरोध किया कि वे श्यामबाबू को स्वस्थ कर दें ताकि उनके जीवन की एक नयी शुरूआत हो सके।

माता–पिता के साये में सरल सी दिखने वाली जिंदगी उनके बिना कितनी दुरूह हो जाती है यह व्यक्ति का अकेलापन ही बता सकता है जब सभी स्वार्थी मित्र एवं रिश्तेदार किनारा कर लेते है एवं मात्र स्वार्थवश ही रिश्तों का उपयोग करते है। तब रिश्ते द्विपक्षी न होकर एकपक्षी व स्वार्थपरक हो जाते हैं।

श्यामबाबू जीवन के कटु अनुभव से सीख चुके थे। अत: उन्होनें एकला चलो के सिद्धांत पर अमल करना ही श्रेयस्कर समझा। औषधियों के श्रेष्ठ प्रभाव ने उन्हें अवसाद के घने जाल से मुक्त किया। शनै: शनै: उन्हे खुली हवा का आंनद आने लगा। एक बार पुन: उनके मन में उमंग भरने लगी। उच्चतर शिक्षा पूरी कर उन्होने नौकरी कर ली एवं 30 हजार प्रति माह की पगार से उनका जीवन सुखमय हो गया। शादी के रिश्ते भी आने लगे। अब तक श्यामबाबू 25 वर्ष के हो गये थे। माता -पिता ने अच्छा परिवार देखकर सुन्दर सुशील कन्या से विवाह कर दिया, विवाहोपरान्त दोनो प्राणी जीवन की कश्ती खेने लगे। उन्होने अपनी पत्नी का नाम प्यार से श्यामा रखा था। श्यामा की एक बडी बहन थी। उसके पति ने उसे त्याग दिया था। उसके दुख से दुखी होकर श्यामा कभी-कभी अपने जीजा जी को बुरा भला कहने लगती थी। श्यामबाबू के समझाने पर भी चुप न होती थी। इसी बात पर पति पत्नी के बीच में झगड़ा होता था। एक दिन श्यामा को चुप रहने की हिदायत देते हुये श्यामबाबू ने श्यामा का गला पकड़ लिया। और उसे चुप कराने लगे। श्यामा आधुनिक युग की तेजतर्रार युवती थी। उसने पति-परित्यकता बहन को भी देखा था। अत: पति के इस कृत्य को शारीरिक उत्पीड़न मानकर उसका निर्मल मन सहन नही कर सका जिससे उसे अत्यन्त मानसिक पीड़ा महसूस हुयी। उसने अपने पति का घर छोड़ने का मन बना लिया। मानसिक रोग से व्यथित श्यामबाबू की नाव बीच

मझधार में फँसी थी और मांझी नाव छोडकर जा रहा था। जीवन की इस विषम परिस्थिति में एक बार श्यामबाबू पुनः अकेले पड़ गये थे।

श्यामा आधुनिक युग की महिला थी। उसका परिवार भी भौतिकवादी धनाड्य व आधुनिक परिवार था। किसी पारिवारिक सदस्य की ऐसा असामान्य व्यवहार चाहे स्वाभाविक ही क्यों न हो, उसे सहन न था। उसने फैमिली-कोर्ट में श्यामबाबू के खिलाफ दहेज मांगने, दहेज उत्पीड़न के आरोप में एवं हत्या के प्रयास में मुकदमा दायर कर दिया। अब श्यामबाबू पर अनायास ही मुसीबतों का पहाड़ टूट पड़ा था। बड़े-बूढे कहते है "शादी एक ऐसा लडडु है जो खाये वो पछतायें जो न खाये वो पछतायें"।

जीवन के मधुर पलों की मिठास कड़वाहट में बदल गयी थी। कोर्ट में श्यामबाबू पर वकील ने अनेक संगीन आरोप लगाये। लोभी, लालची, महिला विरोधी, समाज द्रोही, भूखा भेड़िया आदि अनके विशेषणों से उनका मान-मर्दन होता रहा। श्यामा ने उन्हें नशीली दवाओं का आदी बताते हुये पागल, क्रोधी व वहसी तक करार दे दिया। यह तो सवेदंनहीनता की पराकाष्ठा थी।

माननीय न्यायाधीश के समक्ष लगभग रूंधे गले से श्यामजी ने अपनी आप बीती सुनाई कि किस तरह श्यामा ने बात का बतंगण बना दिया और उनके परिवार वालों ने उस आग में घी डालने का काम किया। सब कुछ सत्य बताते हुये उन्होंने विद्वान न्यायाधीश महोदय से निर्णय करने का

अनुरोध किया एवं गलती साबित होने पर मौत से भी बढ़कर जो सजा मुकर्रर की जायें, उसे स्वीकार करने के लिये कहा।

उन्होने जज साहब से कहा, "जज साहब अवसाद ग्रस्त जीवन वैसे भी रहम का मोहताज होता है क्योकि एक न एक दिन गम्भीर अवस्था में होने पर जीवन से मुक्ति ही अवसाद का अन्त है। इस रोग का कोई निदान नही। यदि अपने ही साथी साथ छोड़कर जीवन नैया डुबो रहे हो तो इस जीवन का क्या अर्थ रह जाता है। यह आप पर निर्भर है कि घर की दहलीज में रहने का मुझे अधिकार दें या जेल की सीखचों के पीछे घुट-घुट कर मरने का। श्यामा आज भी मेरे लिये अजीज है, उसका सम्मान मेरे लिये सर्वोपरि है, क्योकि वो एक महिला है, मेरी माँ भी एक महिला है। मैने बचपन से अध्यात्म जिया है, उसे साकार रूप में जीवन में उतारा है। यदि श्यामा आधुनिकता एवं पाश्चात्य का चोला छोड़ कर मुझे इस धार्मिक एवं सांस्कृतिक रूप में अपनाने को तैयार है, तो उसके लिये मेरे दरवाजे हमेशा खुले है। मेरा जीवन एक खुली हुयी पुस्तक की तरह है। जिसे श्यामा कभी भी पढ सकती है। जज साहब के समझाने पर श्यामा ने श्यामबाबू को स्वीकार कर लिया। जीवन के झंझावातों से थपेड़े खाते हुयी उनकी नाव अब किनारे को चल पड़ी थी।

उपरोक्त कथानक मानसिक रूप से विक्षिप्त व्यक्तियों पर आधारित है, जिन्हे समाज तिरस्कार एवं उपेक्षा से देखता था। उन्हें जमीन जायदाद की मल्कियत से वंचित कर दिया जाता था। आज मानसिक रोगों के उपचार

स्वरूप ये व्यक्ति न केवल सम्मनित जीवन जी रहे है वरन अपनी रचनात्मक शक्तियों से उन्होंने विश्व में नये मुकाम भी हासिल किये हैं। वे शिक्षण के साथ-साथ नौकरी एवं विवाह बंधन में बधनें की योग्यता भी रखते है एवं प्यार एवं सम्मान से जीवन जीने की कला भी जानते है। सर अलवर्ट आइंस्टीन, सर आइजक न्यूटन एवं वर्तमान समय में सर स्टीफन हाकिंग आदि कुछ ऐसे ही प्रसिद्ध व्यक्ति है जो मानसिक विक्षिप्तता के शिकार बने परन्तु उपचार के उपरान्त उन्होंने विज्ञान की दुनिया में नए शिखर व ऊँचाइयों को प्राप्त किया!

डिफाल्टर

हमारे गाँव में एक परमानन्द जी का परिवार रहता था। शाम को जब मेहनतकश मजदूर, बटोही घर पहुॅच कर विश्राम की मुद्रा में होते थे तब परमानन्द जी के यहाँ महफिल जमा करती थी। रात्रि के सन्नाटे को चीरती हँसी-ठहाके व खिलखिलाने की आवाज से लोग ये अनुमान लगा लेते थे कि परमानन्द जी का परिवार अभी तक जागा हुआ है। एक तरह से कहें तो गाँव की रौनक इस परिवार से ही थी वर्ना दीन-दुखियों, शराबी - कवाबी, जुआरिओं, सट्टेबाजों, नशेड़ियों व भंगेड़ियों की कमी नही थी हमारे गांव में।

हमारा गांव यमुना पार बसा हुआ था। बस थोडी ही दूर पर रेलवे स्टेशन बस अड्डा व पोस्ट ऑफिस भवन पास-पास ही थे। मेरे पिता जी तब स्टेशन-सुपरिंटेंडेंट हुआ करते थे। लोग आदर से उन्हे वर्माजी कहा करते थे। वैसे उनका पूरा नाम श्री प्रेमचन्द्र प्रसाद वर्मा था। कभी-कभी पिता जी परमानन्द जी की महफिल में भी शामिल हुआ करते थे। हम तब बच्चे हुआ करते थे और हमारे पिताजी एवं परमानन्द जी की रसीली सार्थक बातो को ध्यान से सुना करते थे।

श्री परमानन्द जी चार भाई थे सबसे बड़े परमानन्द जी स्वंय, दूसरे नम्बर पर भजनानन्द, तीसरे नम्बर पर अर्गानन्द और चौथे नम्बर पर ज्ञानानंद जी थे चारों भाइयों में क्रमश: दो वर्षो का अन्तर था। परमानन्द जी 60 वर्ष के पूरे हो चुके थे। चारों भाई परम आध्यात्मिक एवं अग्रेजी जीवन-शैली के परम खिलाफ थे। सारी बहुयें घर में घूंघट में रहती थी व बच्चे दबी जुवान में ही बात कर सकते थे। सभी बहुत संस्कारी बच्चे थे वे सब भ्राता आर्युवेद एवं शास्त्रों के परम ज्ञाता थे और अग्रेजी औषधियों का सेवन भी पाप समझते थे।

एक दिन की बात है परमानन्द जी के सिर मे दर्द उठा फिर चक्कर भी आया, हष्ट-पुष्ट शरीर में मामूली सा चक्कर आने से उन्हे कोई फर्क नही पड़ा। वे वैसे ही मस्त रहा करते थे। अचानक एक दिन साइकिल से जाते वक्त सब्जी मण्डी के पास अचानक उनकी आखों के आगे छाने लगा व जोर से चक्कर आया वे गिर पड़े। लोग उन्हे उठाने दौड़ पडे लोगो ने उन्हे

अस्पताल पहुचाया उनका रक्त-चाप अत्यंत बढ़ा हुआ था। डाक्टर साहब ने अंग्रेजी दवाइयां खाने को दी, जो जीवन रक्षक थी लोगो के लिहाज या डाक्टर साहब की सलाह मान कर उन्हानें दवाइयां ले तो लीं परन्तु उन्हे इन दवाइयों का सेवन जीवन भर करना मंजूर नही था। अत: उन्होने कुछ दिनो के पश्चात इन दवाइयों का सेवन बन्द कर, जड़ी-बूटियो और परहेज पर विश्वास करना शुरू कर दिया।

कुछ दिन बीते कुछ पता ही नही चला। उच्च रक्त-चाप कोई लक्षण प्रदर्शित नही कर रहा था अत: उन्होने सब कुठ ठीक मानकर औषधियों का सेवन भी बन्द कर दिया।

अब तक दो वर्ष बीत चुके थे। परमानन्द जी प्रात: उठे तो प्रकाश के उजाले में उन्होने बल्ब की रोशनी में इन्द्र धनुषी रंग नजर आने लगे, बायां हाथ और बायां पैर कोशिश करने के बावजूद कोई गति नही कर रहा था। जीभ भी कुछ-कुछ लडखडा रही थी मुँह भी दायी ओर टेढ़ा हो गया था पलकें बन्द नही हो रही थी, पक्षाघात के सारे लक्षण प्रकट हो चुके थे। डाक्टर को बुलाया गया, उस समय आज की तरह 108 एम्बुलेंस सर्विस नही हुआ करती थी कि फोन लगाया, एम्बुलेंस हाजिर और उपचार शुरू बल्कि डाक्टर महोदय बहुत मान मनौवल एवं मोटी फीस लेकर ही घर में चिकित्सा व्यवस्था करने आते थे।

डाक्टर का मूड़ उखडा हुआ था जब उन्हे ये मालूम हुआ कि उच्च रक्त-चाप होते हुये भी परमानन्द जी ने औषाधियों का सेवन दो वर्ष पहले ही बन्द कर दिया था। उसके बाद न तो रक्त-चाप ही चेक कराया न ही कोई परामर्श लिया।

डाक्टर के मुँह से अचानक निकला "डिफाल्टर! ये तो बहुत बडा डिफाल्टर है! जान बूझकर भी इसने दवाइयों का सेवन नही किया न ही सलाह ली। नतीजतन इसको अन्जाम भुगतना पड़ा। अब इसका कुछ नही हो सकता... इसे मेडिकल कालेज ले जाओ तभी इसकी जान बच सकती है। अभी पक्षाघात हुआ है अगर हृदयाघात भी हुआ तो जान भी जा सकती है"।

परमानन्द जी के परिवार पर मुसीबत का पहाड़ सा टूट पड़ा था। आनन फानन में वाहन की व्यवस्था कर उन्हे मेडिकल कालेज ले जाया गया। डाक्टरो के निरंतर प्रयासो से परमानन्द जी की जान तो बच गयी परन्तु वे जीवन भर बैसाखी के सहारे जीते रहे।

हिन्दी अंग्रेजी जीवन शैली के टकराव ने औषधियों और मानव जीवन में भी भेद कर दिया है। चिकित्सा विज्ञान की कोई जाति नही होती व कोई धर्म नही होता। चिकित्सा विज्ञान देश की सीमाओ से परे केवल मानवता के हित में होता है उसका उद्देश्य जीवन के प्रत्येक क्षणों को उपयोगी सुखमय एवं स्वस्थ्यकर बनाना होता है। अतः डिफाल्टर कभी मत बनिये!

हमेशा डाक्टर की सलाह को ध्यान से सुनिये व पालन कीजिये तभी मानवता की दृष्टि में चिकित्सा विज्ञान का अहम योगदान हो सकता है।

बापू खैनी न खैय्यो

शाम के धुंधलके में एक झोपड़ी से मध्यम रोशनी आ रही है, बाहर बैठी कमलिया बर्तन घिस-घिस मांज रही है, नाली से होकर मैला गंदा पानी सड़क पर फैला हुआ है। इतने में एक जीर्ण-शीर्ण काया झोपडी के द्वार पर दृष्टिगत होती है और पुनः ओझल हो जाती है। यह मोहनवा है, गांव के गरीब मजदूरों में यह व्यक्ति इसी नाम से प्रसिद्ध है। आज कल मोहनवा के चर्चे गांव-गांव में है, पता है क्यों ? क्योंकि उसे कैंसर जैसे असाध्य रोग ने घेर रखा है। मोहनवा को मुँह का कैंसर है, जो अब लाइलाज हो चुका है।

मोहनवा जब भी मजदूरी करके घर आता, उसकी प्यारी बेटी कमलिया उसके हाथ में खैनी की डिब्बी और चुनौटी थमा देती। मोहनवा बड़े प्यार से वह खैनी मुँह में दबाता और बड़े आराम से खुश होकर बतियाता। कभी-कभी कमली को अपने बापू पर बड़ा स्नेह आता तो वह हुक्का भी भरकर रख देती थी और उसके घर आते ही सुलगा देती थी। मोहन हुक्के की गुड़गुड़ाहट में अपना सारा दुख भूल चैन की सांस लेता था। तथा कमली की सराहना भी किया करता था।

हाय री कमली! उसे क्या पता था कि उसका यह शगल उसके बापू के लिये जानलेवा साबित होगा। कमली ने कभी भी स्कूल का मुँह तक नही देखा था। उसका गरीब अनपढ़ बाप पढ़ाई के महत्व से अनजान था उसका तो बस भगवान ही मालिक था। दो जून की रोटी मिलती रहे और घर-गृहस्थी चलती रहे बस उसके सुखी जीवन का यही आधार था।

जीवन में किये गये कर्मो का फल इसी जीवन में भुगतना पड़ता है। जो जैसा बीज बोता है वह वैसी ही फसल काटता है। आखिर तम्बाकू खैनी, बीडी सिगरेट, हुक्का, चिलम, आदि निषेध ही तो किये गये हैं क्योकि इनके सेवन से मुँह का कैंसर व फेफडों का कैंसर होता है। यह भारत जैसे देशों में बहुतायत से पाया जाता है।

अनजाने में ही सही गलत आदत का नतीजा हमेशा बुरा ही होता है। एक दिन मोहनवा के मुँह में छाले पड़ गये जो उसके बाद घाव में बदल गये

और मुँह से खून व मवाद बहने लगा, बदबू ऐसी कि पूछिये मत.... बदबू से सांस लेना दूभर होने लगा तब उस व्यक्ति ने अपनी जांच सरकारी चिकित्सालय में करायी, वहां कई प्रकार की जांचों के बाद जब पता चला कि मोहनवा को मुंह का कैसर हो चुका है तो उसे मेडिकल कॉलेज रिफर कर दिया गया।

मोहनवा अभी प्रौढ़ावस्था की दहलीज भी लांघ न पाया था, उसकी एक फूल सी कुंवारी बेटी थी जिसने घर-संसार बसाने के अपने सपने संजोये थे, उसकी मां भी अनपढ़ गंवार थी, जो रेजा मजदूरी कर घर का खर्च चलाती थी।

मेडिकल कॉलेज में पहुचने के बाद जब उसका सम्पर्क बडे-बडे चिकित्साविज्ञानियों से हुआ। तब उसकी अक्ल की धुंध हटी उसी समय उसे ज्ञात हुआ कि तम्बाकू कितना जहरीला पदार्थ है, इसका असर न केवल हृदय, फेफडों, धमनियों पर पड़ता है। बल्कि स्नायु तंत्र पर भी पड़ता है, असमय ही तंत्रिका तत्रं नष्ट हो जाता है एवं पक्षाघात भी हो सकता है।

मोहन का उपचार प्रारम्भ हुआ परन्तु मोहन को बचाया न जा सका, बीमारी के 6 महीने बाद ही मोहन कमलिया को अनाथ कर चल बसा था।

घर की वीरानी कमलिया को खाने को दौड़ती थी। रो-रो कर उसका बुरा हाल था। जब भी उसकी दृष्टि हुक्के ओर खैनी पर जाती उसका कलेजा फट पड़ता। उसने मोहन की मृत्यु के लिये अपने को जिम्मेदार मान लिया

था. रोते-रोते वह कहती बापू जो खैनी न खाई होती, तो यह दिन देखने न पड़ते। तम्बाकू, "हमरे बापू के लिये जहर है, हमरा का मालूम न था"।

जिन्दगी के वीरान चौराहे पर कमली और उसकी मां खडी थी। कहाँ उसका गन्तव्य है? कौन सी मंज़िल तय करनी है ? उसको कुछ पता ही नही था। वह पुनः रेजा की जिन्दगी शुरू करे और अपनी बेटी कमला को भी रेजा बना दे। जो मात्र बारह वर्ष की थी या उसे गांव की बालिका विद्यालय में दाखिल कर उसकी जिन्दगी को नया मायने दे। नये आयाम के सूरज के दर्शन करे!

उसने दूसरा रास्ता ही चुना। बेटी को पढाने का निश्चय किया। अज्ञान के अन्धकार को दूर करने के लिये उसने शिक्षा के प्रकाश को चुना था जिससे उसकी झोपड़ी पुनः प्रकाश से जगमगा उठी थी।

ग्रामीण सेवा का विहंगम दृष्य

रातः के दस बजे थे, मैं अपने चिकित्सा कक्ष में सूर्य के नर्म प्रकाश में मरीज देखने में व्यस्त था। वो शीतकालीन ऋतु थी। जनता जनार्दन अपने विभिन्न रूपों में कक्ष के बाहर कतार बद्ध खड़ी थी, मैं एक-एक करके रोगियों की चिकित्सा में व्यस्त था, तभी एक काली छाया के प्रवेश से वातावरण दुर्गन्धमय हो गया, अचानक आयी इस बला से क्षुब्ध होकर मेने सर ऊपर उठाकर देखा, तो मैले कुचैले कपड़े पहने गन्दा सा कम्बल ओढ़े एक काली काया सामने खड़ी थी। लगता था वर्षो से उसका स्वच्छता से कोई वास्ता नही था। भोले बाबा की इस रूप की मैंने कल्पना ही नही की थी, उनके सारे शरीर पर खुजली थी, मैं इस कल्पना से सिहर उठा, कि इनकी काउन्सिलिंग कैसे करू जहां नाक देना भी मुश्किल हो रहा

था। फिर भी ईश्वर की नेक इच्छा मानकर मैने परामर्श कार्य शुरू किया, मुझे याद आया अपना बचपन जब मैं शीतकाल में हैंडपम्प के ताजे गर्म पानी में खूब स्नान किया करता था, मैंने इसे ख्याल में रखकर बाबा को समझाया कि ठंड से यदि डर लगता है तो सुबह हैंडपम्प के ताजे गर्म पानी से स्नान किया करो। उसने मुझे बताया कि साबुन का प्रयोग भी वह नही करता है, अतः मैने सबसे सस्ते साबुन लाइफब्याय से नहाने हेतु प्रतिदिन कहा और कपड़े गर्म पानी में नीम की पत्तियों के साथ उबालकर प्रतिदिन धोने को कहा।

पता नही क्यों गाँवों में इतनी अशिक्षा व गरीबी है कि गामीण जनमानस को अपने सुखों का एहसास भी नही हो पाता है, प्राकृतिक सुंदरता, स्वच्छ ताजी हवा, नदी तालाब का सुख तो इन्हे ही मिलता है, फिर भी ये कस्तूरी की मृग की भाँति सुख की तलाश में भटकते रहते है। ये वो अन्नदाता है जो दूसरों के सुख के लिय अपने सुख-स्वाभिमान से अनजान हैं, हमें इन्हे अपने सुख-संसाधनों, प्राकृतिक सम्पदा के दोहन के प्रति जागरूक करना ही होगा। इतने में वे भोले बाबा औषधियों का पर्चा लेकर जाने को हुये, तभी मुझे याद आया कि ग्रामीण बहुत भुलक्कड़ होते है एवं अग्रेजी दवाओं के प्रति लापरवाह भी होते है। अतः मैने फिर उसे रोककर औषधियां समय से लेने व साफ सफाई रखने को कहा, मुझे उसकी बोली भी समझ में नही आ रही थी, कुछ बोल बाहर निकलते थे तो कुछ अन्दर ही मुँह में रह जाते थे, फिर भी मैंने उसे समझाने का भरसक प्रयास किया,

उसके जाने से जैसे एक युग बीत गया हो, भारी भरकम के शरीर के स्वामी बाबा प्रस्थान कर चुके थे।

मैं अन्य मरीजो को देखने मे व्यस्त हो गया! आने वाले सभी मरीजो का साफ-सफाई के बारे में कमोबेश यही रवईया था। कोई दो दिन से कोई हफ्ता भर से पानी से दूर था, परन्तु मेरे जेहन में बाबा की छवि रह-रह कर उभर रही थी, कि क्या कोई इन्सान अपने दायित्वों से इतना लापरवाह भी हो सकता है, कि उसे अपने सुखों की परवाह ही नही।

शनैः-शनैः दिन बीत गये बाबा ने पुनः मुझे दिखाया, मुझे कल्पना भी नही थी कि मेरे व्यवहार ने बाबा का काया कल्प कर दिया था। उनके साफ सुथरे वस्त्र चमकदार चेहरा आँखों में आत्म विश्वास जैसे उन्हे नया जीवन मिल गया हो।

जैसे ही वह बुर्जुग व्यक्ति मेरे पैर छूने के लिये आगे बढा तो मैंने उसे तुरंत ही रोक दिया। अपने व्यक्तित्व से वो बहुत प्रसन्न था, मैने बाबा से प्यार से कहा बाबा मेरे पैर न छूओ भगवान के पैर छुओ जिन्होने तुम्हे यह सुन्दर व्यक्तित्व दिया है। तब मुझे एहसास हुआ कि प्यार मे बडी शक्ति है, यह एक अबूझ-अनपढ़ व्यक्ति में भी ज्ञान का प्रकाश फैला सकती है, जीवन को नयी दिशा दे सकती है, वे बाबा अपने अचार-विचार मे परिवर्तन कर मेरे लिये अब एक सर्वश्रेष्ठ उदाहरण बन गये है।

जिन्दगी एक खुली किताब

यह कथानक एक ऐसे ईमानदार डाक्टर की कहानी हैं, जिसने अपने कर्तव्य के लिये परिवारिक हितों को अनदेखा कर अपनी जान तक खतरे में डाल दी। परन्तु अपनी सूझबूझ से हर समस्या, हर कठिनाई का हल निकाला व अपनी जिन्दगी अपने तरीके से जीने की कोशिश में कामयाबी हासिल की।

डा0 श्याम एक कामयाब चिकित्सक थे। चिकित्सा के संसार में उनका बड़ा नाम था। चिकित्सा विज्ञान में कामयाबी उनके कदम चूम रही थी। वे निरन्तर अध्ययनशील रहते थे व उनमें उसके प्रति अगाध रूचि थी। उनके खान-पान से लेकर उनकी जीवनशैली तक उनकी वैज्ञानिक पद्धति

पर आधारित थी व प्रत्येक क्रिया कलाप को वैज्ञानिक तर्क हासिल था। आमतौर पर विज्ञान एवं ज्ञान के प्रति ऐसी अनूठी निष्ठा बहुत कम ही देखने को मिलती हैं। उन्होने प्रत्येक व्यक्ति की जीवन शैली को चिकित्सा विज्ञान के स्तर से परखा एवं उसमे सुधार का पक्ष रखा। खान-पान की बिगड़ी अवैज्ञानिक रीतियों का विरोध एवं उसमे स्वच्छता एवं कैलोरी युक्त भोजन का समावेश उनका अभिनव प्रयास था जिसे घर-घर में सराहा गया। चिकित्सा विज्ञान के प्रति समर्पण एवं तार्किक निदान एवं शोध की जिज्ञासा उनकी लोकप्रियता का मानक बनी। उत्तर प्रदेश के लखनऊ मण्डल के छोटे से जनपद हरदोई में उनका निवास स्थान था। मुख्य सड़क महात्मा गांधी मार्ग को जोड़ने वाली उनके घर तक जाने वाली गली डाक्टर साहब की गली के नाम से प्रसिद्ध हुई। डा0 श्याम की पत्नी एक शालीन, सुन्दर, शिक्षित व संस्कारी महिला तथा पेशे से वे एक ईमानदार योग्य शिक्षिका थी। उन्होने अपने कार्यकाल में शिक्षा के गिरते स्तर को ऊंचा उठाने के लिये अनेक प्रशसंनीय प्रयास किये थे। डा0 श्याम का एक सुन्दर, मेधावी व संस्कारी पुत्र था। डाक्टर साहब ने बचपन से ही उसके जीवन को विज्ञान के दिशा में निर्देशित किया था। विज्ञान एवं ज्ञान का ऐसा संगम पुत्र को विनम्र जिज्ञासु एवं योग्य बना गया।

डा0 श्याम की राह कठिन थी। सरकारी नौकरी में रहते हुये सरकारी जीवन-दर्शन एवं परिवारिक जीवन-दर्शन में घाल-मेल होने लगा। इस कारण सरकारी नौकरी का दायित्व उनके जीवन पर छा गया जिसने

पारिवारिक जीवन को भी प्रभावित किया। पारिवारिक जीवन के लिये उनका समय कम होने लगा जिससे पारिवारिक कटुता एवं क्लेश का संचार होने लगा। परिणामतः उनकी धर्मपत्नी एवं पुत्र में असंतोष की लहर उठने लगी। इस कारणवश कभी-कभी पति-पत्नी में झगड़ा भी होने लगा जिसका प्रभाव मासूम हृदय बच्चे पर भी पड़ता था जिससे वह अक्सर बुझा-बुझा उदास रहने लगा। डाक्टर साहब के उत्तर दायित्व निर्वहन एवं ईमानदारी ने समाज के रोगियों एवं पीड़ितों का निःशुल्क उपचार तो किया परन्तु पारिवारिक उत्तरदायित्व के निर्वहन मे कही चूक होने लगी। पुत्र की आवश्यकताओं और पत्नी की आवश्यकताओं में समझौता होने लगा। इससे बच्चे और पत्नी ने एक समझौता कर आर्दशवाद को अपना लिया, जिसके कारण इस अर्थ युग में अर्थ का महत्व केवल खान-पान एवं पहनने-ओढ़ने तक ही सीमित हो गया। सारा परिवार एक समझौते के अन्तर्गत आदर्शवाद की भेंट हो गया।

यथार्थ से हटकर धन की चमक से दूर ऐश्वर्य की चका-चौध से दूर आदर्श मध्यमवर्गी परिवार की तरह परिवार का जीवन चलने लगा।

समय के साथ डा0 श्याम ने विकृति विज्ञान में विशेषज्ञता प्राप्त की और उनकी तैनाती पैथालॉजी विभाग में विभागाध्यक्ष के पद पर हुयी। उनके नेतृत्व में जनपद की इस पैथालॉजी ने एक नया मुकाम हासिल किया और उन्होने बड़ा नाम कमाया। उनके संज्ञान में डाला गया कि पैथालॉजी

विभाग में कई दलाल सक्रिय हैं। पहले तो उन्होने ध्यान नही नही दिया परन्तु धीरे-धीरे जब गौर किया तो सच्चाई सामने आने लगी।

विगत वर्षो की छवि के अनुसार पैथालॉजी में रेप के केस में योनि स्राव की स्लाइड नकारात्मक ही दी जाती थी। यह कई जनपदों से फीडबैक प्राप्त करने के बाद पता चला कि यह दस्तूर पूरे राज्य में चल रहा हैं। कोर्ट केस में पेशी से बचने के लिये यही सुरक्षात्मक एवं अवैज्ञानिक तरीका था। संज्ञान में आया कि कोई भी दलाल बलात्कार के केस होते ही महिला चिकित्सालय से ही अभिभावकों के पीछे लग जाते थे एवं अच्छी खासी रकम ऐंठ कर नकारात्मक रिपोर्ट कराने की बात तय हो जाती थी। डा0 श्याम ने देखा कि जैसे ही वे विभाग में प्रवेश करने को होते है। एक अजनबी दलाल उन्हे नमस्कार करता हैं और उसके बाद वह गायब हो जाता हैं। उसके बाद दलाली का बाजार गर्म हो जाता हैं। इस घटना की पुनरावृत्ति रोकने हेतु उन्होंने समाचार पत्रों का अध्ययन अत्यंत बारीकी से किया एवं ऐसी बलात्कारी खबरों एवं दलालों में सम्बन्ध ढूढ़ निकाला। उन्होंने सभी स्लाइडों का बारीकी से अध्ययन एवं परीक्षण करना जारी रखा। कुछ स्लाइडों में उन्हें शुक्राणुओं के होने का अहसास हुआ। तर्को विर्तक की श्रंखला का द्वंद उनके मस्तिष्क को मथने लगा। इधर न्याय का तराजू उधर दलाली का गैर-कानूनी बाजार। जो नित डा0 श्याम के मान-सम्मान को ठेस पहुचा रहा था। अन्ततः डा0 श्याम पुस्तकों के अध्ययन से एवं अनुभव के आधार पर एवं अपने अवैज्ञानिक तर्को के बन्धन एवं परम्परा को तोड़ने

में सफल रहे एवं उन्होने न्याय का साथ दिया। उन्होने स्लाइड में शुक्राणु को पहचाना एवं प्रतिष्ठा दी। जिसे कोर्ट में भी सराहा गया। दलालों की कमर टूट रही थी। उनके अनुमान गलत साबित हो रहे थे। कौन सी नकरात्मक होगी व कौन सी धनात्मक होगी कहना मुश्किल हो गया था। अब डा0 श्याम ने दलाली का व्यापार का खात्मा कर दिया था।

सरकारी दायित्व का निर्वान्ह् इतना सरल नही है कि उसे आसानी से निभाया जा सके। इसमे राजनीतिक सामाजिक एवं अपराधिक छवि का दुरूह तिलिस्म भी शामिल हैं। कब आपको राजनैतिक आकाओं के शक से बचाव करना हैं। कब सामाजिक कार्यकर्ताओं के हठ का सामना करना हैं। कब अपराधिक तत्वों के भय से और आंतक से बचाव करना हैं एवं स्वयं को स्थापित करना हैं। बुद्धि एवं विवेक की यह उत्कृष्ट परीक्षा पास करना आसान नही हैं।

अपरान्ह् 1-00 बजे थे डा0 श्याम अपने कार्यालय के कुछ कार्य में व्यस्त थें। कार्य समाप्त कर वे अपने विभाग वापस पहुचते हैं। अचानक उनका हृदय धक्क रह जाता हैं। उनके विभाग कक्ष में प्रवेश करते ही उन्हे चारों तरफ से हथियार बन्द लोगो द्वारा घेर लिया जाता हैं। डा0 श्याम ने धैर्य एवं संयम से अपनी कुर्सी सम्भाली एवं आंतक से अन्जान बनते हुये सबका हाल-चाल पूंछा एवं उनके आने का मकसद पूंछा उनमे से एक व्यक्ति जो इनमे हथियार बन्द का नेतृत्व कर रहा था। उसने कहा आपके पास एक महिला की स्लाइड आयी हैं। भावनात्मक ब्लैकमेल की कोशिश

करते हुये उसने कहना शुरू किया कि वह एक गरीब महिला है और एक व्यक्ति से पीड़ित हैं जिसने उसका यौन शोषण किया हैं। अब उसने उसे छोड़कर दूसरी महिला से विवाह रचा लिया है। महिला दलित वर्ग की थी एवं आर्थिक रूप से उस व्यक्ति पर निर्भर थी। उस महिला की मदद करने पर डा0 श्याम सहायक हो सके तो बहुत मेहरबानी होगी। उसने आर्थिक लाभ हेतु पन्द्रह हजार रूपये मेज पर रख दिये। एवं संतोष न होने पर अपनी मांग बढ़ाने के लिये कहा। डा0 श्याम ने अपनी कार्यप्रणाली जारी रखते हुये उन्हे बिना बताये उनके सामने ही उक्त महिला की स्लाइड का परीक्षण किया व नकारात्मक पाया। उन्होने तुरन्त रिपोर्ट तैयार की जिसे बाद में बदला न जा सके। वे लोग स्लाइड को धनात्मक करने की हठ कर रहे थे जिससे वह कथित व्यक्ति बलात्कार के आरोप में गिरफ्तार हो सके।

जिस व्यक्ति ने अपने उसूलों के खातिर अपना जीवन कुर्बान कर दिया उसके सामने दस पन्द्रह हजार का लालच उसका ईमान क्या डिगाता परन्तु उन्हे दो टूक जवाब भी नही दिया जा सकता था। इससे जान को खतरा हो सकता था। अखिर जनपद में अपराधियों का बोलबाला रहा हैं। देश काल एवं परिस्थिति के अनुसार डा0 श्याम ने बात आगे बढायी। उन्होंने जिस वाकचातुर्य का इस्तेमाल किया वस्तुतः वह बेमिशाल था। उन्होने कहा मित्रों! मै आपके फायदे की बात बताता हूँ। अब चूँकि मैने मित्र कहा हैं। अतः सच्चे मित्र की भांति सही राय ही दूंगा। बलात्कार एक बहुत बडा अपराध हैं। किसी महिला को छूना या छेड़ना तक अपराध हैं। यदि प्रतिरोध

किया है। उसे चोंट पहुची है तो चिकित्सीय परीक्षण में अवश्य अंकित किया जायेगा। शुक्राणु का पाया जाना यह निश्चित नहीं करता है कि रेप हुआ ही है। जबतक डी0एन0ए0 टेस्ट द्वारा यह पुष्टि न हो जाये कि शुक्राणु उसी व्यक्ति का जिसने बलात्कार किया है।। अतः मेरे पास दबाव बनाने से अच्छा है कि महिला के बयान एवं शारीरिक चोटों को अंकित कराने में जोर दें। एवं डी0एन0ए0 परीक्षण द्वारा पुष्टि कराने हेतु थाने में सम्पर्क करे। इतिहास गवाह हैं, कि बलात्कार के केस में डी0एन0ए0 टेस्ट कभी कभार ही होते थे। परन्तु उस केस के बाद न्याय व्यवस्था में परिवर्तन आया कि डी0एन0ए0 टेस्ट बलात्कार के केस में बराबर होने लगा। एवं स्लाइड के नकरात्मक रिपार्ट का प्रभाव लगभग कम हो गया।

डा0 श्याम के जीवन दर्शन का अध्ययन करने पर उनका आदर्शवाद एक खुली किताब की भांति जाहिर होता हैं। डा0 श्याम ने अपने अनुभव अपने संस्मरण में शामिल किये जिसे लेख ने प्रस्तुत किया है।

ॐ

अनहोनी

अचानक सड़क पर एक चीख सुनाई पड़ती है। छज्जे पर खड़े दो छात्र आपस मे कुछ गुफ्तगू कर रहे थे, धुंधलका गहराने लगा था, सड़के सूनी हो गयी थी फिर ये चीख कैसी? ध्यान से देखने पर दृष्टिगत हुआ कि दो गुंडे एक राहगीर पर चाकू से वार कर रहे थे व उसे लूट रहे थे। छज्जे पर खड़े ये दोनों छात्र ही घटना के चश्मदीद गवाह थे। खून से लथपथ राहगीर मृत्यु के मुँह मे समा गया। दोनों छात्रों को इन गुंडो ने देख लिया था अत: अचानक हुई इस अनहोनी घटना से दोनों भयग्रस्त हो गए थे। उनके दिमाग मे असुरक्षित भविष्य को लेकर आशंकाओ के झंझावात चलने लगे थे। लगता था शांतचित्त मे उठा ये तूफान कुछ विनाश करके ही जाएगा। हे

ईश्वर! कभी कुसंगति मत देना! चाहे कुसंगी कितना ही मीठा क्यों न बोले व प्यार से आचरण करे, उसका मन्तव्य हानि पहुचाना ही होता है।

उन दोनों छात्रों के मन मे उठा तूफान उनकी रातों की नींद गायब करने वाला था। चिंता व भय से ग्रस्त दोनों ही युवा थे जिसमें सोनू मोनु मात्र 18 वर्ष के थे उनका सुनहरा भविष्य उनके सामने था, अपने सुनहरे सपनों को वे इस तरह उजड़ता हुआ नहीं देख सकते थे अतः उन दोनों ने निश्चय किया कि वे शहर छोड़ कर चले जाएंगे। वे अत्यंत प्रतिभाशाली व मेहनती थे। वे अपनी क्लास के होनहार छात्र थे। उन्होने तूफान की दिशा मोड़ने कि ठान ली। उन्होने न केवल उक्त सत्र मे विश्राम किया बल्कि दूसरे विषय के इम्तहान कि तैयारी शुरू कर दी। दोनों मेधावी छात्र अपने प्रथम प्रयास मे ही सफल रहे। उन्होने लोक सेवा परीक्षा के प्रथम चरण कि परीक्षा पास कर ली। जिस शहर को उन्होने चुना था वह शहर अत्यंत सम्पन्न एवम विकसित था। रात्रि मे भी इस शहर मे दुकाने खुली रहती थी। छात्रो को रात्रि मे भ्रमण करना व देर रात पेट पूजा करना अच्छा लगता था। उनका जीवन जैसे पटरी पर लौट रहा था जीवन कि नौका बड़ी तेजी से अपने गंतव्य कि ओर अग्रसर थी। परंतु विधाता को कुछ और ही मंजूर था। सोनू और मोनु की नौका किनारे लगे यह ईश्वर को सम्भवतः पसंद नहीं आया था।

रात्रि के मध्य प्रहर मे जब रात अपनी चरम पर होती है और जब जन समुदाय अपनी चिरनिद्रा मे लीन था। सोनू और मोनु अपनी साधना मे व्यस्त

थे। श्री मद भागवत गीता मे लिखा है कि भोगीजन सारी रात सोते हैं और योगी जन सारी रात साधना मे व्यस्त रहते हैं। रात्री के शीतल प्रकाश मे शांतचित्त हो वे अध्ययन मे लगे रहते हैं। अचानक सोनू मध्य रात्रि के प्रहर मे मोनु से बाइक से रात्री मे खुले बाजार को चलने की जिद करता है, और भेल पूरी खाने और ताजगी के लिए सैर-सपाटे पर चलने को कहता है। वे दोनों उक्त मध्य रात्रि मे चावड़ी बाजार पहुँचते हैं और भेल एवम कॉफी पी कर वे वापस हॉस्टल का रुख करते हैं। हॉस्टल बाजार से कुछ ही दूरी पर था। मोनु ड्राइव कर रहा था और सोनू पीछे बैठा था। अचानक सोनू के मोबाइल की घंटी बजने लगी, सोनू ने बाइक पर खड़े होकर मोबाइल निकालने की कोशिश की तभी मोनु ने एक शराबी को लड़खड़ाते कदमो से सड़क के बीचोंबीच इधर उधर चलते देखा। बाइक पर जब तक मोनु नियंत्रण करता बाइक शराबी से भिड़ चुकी थी। शराबी को बचाते -बचाते मोनु दुर्घटना ग्रस्त हो चुका था। शराबी बड़बड़ाते हुए पुन: उठ खड़ा हुआ औए बढ़ गया। मोनु के सिर मे चोट लगी थी, उसका सिर फट गया था। सोनू किसी तरह बाइक पर बैठा कर मोनु को मेडिकल कॉलेज ले गया। परंतु सी० एम० ओ० ने उसे जबाब दे दिया। डाक्टर ने समझाया कि मोनू अब कुछ ही क्षणों का मेहमान है! यह सुनकर सोनू पर तो दुखों का पहाड़ टूट पड़ा था। उसका वहाँ अपना कोई नहीं था जिस मृत्यु के भय से भाग कर उन्होने यहाँ शरण ली थी, नए सपने देखे थे। वही शहर उनके विछोह का कारण बना गया था। नियति को यही मंजूर था। सोनू अपने मित्र के

वियोग मे फूट फूट कर रो रहा था, सारे प्रयासों के बावजूद मोनू की नौका बीच मझधार मे डूब चुकी थी। विधाता ने शायद सभी के भाग्य मे लिख दिया है कि कौन कहाँ और कैसे अपनी अंतिम यात्रा पूरी करेगा!

प्रायश्चित

शीतकाल का आरम्भ है, रात्रि की चादर सुबह का सूरज धीरे-धीरे समेट रही है, उसका प्रकाश दरवाजे की झिर्रियों से छन-छन कर परिसर के अंदर प्रवेश का अहसास करा रहा है। रात भर रज़ाई से लिपटी काया श्वांस का उच्छवास छोढ़ती है। बच्चे आंखे मलते हुए खाट से उठ खड़े होते हैं। बड़े–बूढ़े दातुन-मंजन आदि नित्यकर्म हेतु प्रयासरत हैं। बच्चे भूख से बिलबिलाते हुए माँ से कहते हैं, “माँ भूख लगी है, कुछ खाने को दो!” माँ झिड़कते हुए कहती है, “जा मुँह धोके आ, दातुन कुल्ला कर के ही आना! उसके दो बच्चे हैं। एक दस वर्ष का मोनू और दूसरा आठ वर्ष का सोनू है। मोनू और सोनू कुनमुनाते हुए मुँह धोने हैंड पंप कि ओर चल पड़ते हैं। माँ के साथ–साथ बच्चो को भी मुँह की सफाई का ध्यान है, मुँह

से आती बदबू मुँह फेर लेने को विवश कर देती है। माँ नित्य की भांति चूल्हा जला कर चाय–नाश्ते का इंतजाम सबके लिए करती है। सुबह के प्रथम प्रहर से शुरू हुई दिनचर्या बच्चों के स्कूल प्रस्थान से विराम लेती है। मोनू कि माँ की तबीयत कुछ ठीक नहीं है वह आज कुछ अधिक ही खराब है। बार–बार श्वास उखड़ना, सीढ़ियाँ चढ़ने पर सांस फूलना उसे अत्यधिक परेशान कर रहा है। अब उसे नजदीकी स्वास्थ्य केंद्र में स्वयं को दिखाना ही होगा। उसने निश्चय किया कि आज वह डाक्टर को दिखाएगी, रोज– रोज की झंझटो से मुक्ति का एकमात्र यही रास्ता है। अत: वह घर में बताकर अस्पताल में दिखाने के लिए चल देती है। वैसे मोनू की माँ घर में अकेली नहीं है, उसकी सास व पति भी है परंतु उसके ससुर को गुजरे हुए एक अरसा बीत चुका है, पति भी खेतिहर है। मोनू की माँ बताती है कि वह इंटर पास है, घर में पाँच बीघा जमीन है, जिससे घर का गुजारा व बच्चों की शिक्षा चलती है। मोनू की माँ की विवशता है जब बच्चे कुछ बाहर की वस्तु की मांग कर डालते हैं तो वह मन मसोस कर रह जाती है। सीमित साधन से घर का गुजारा ही बड़ी मुश्किल से चलता है। अस्पताल में मोनू की माँ को डाक्टर ने भर्ती कर लिया और यह बताया कि खून अत्यधिक कम है अत: खून चढ़वाना ही पड़ेगा। जिसके लिए पास-पड़ोस के रिश्तेदारों को सूचित करना होगा। शाम तक मोनू की माँ अपने पति के साथ अकेले ही पड़ी रही। शाम को घर के बच्चो ने माँ से मिलने की जिद की तो घरवाला उन्हे भी साथ ले आया, कुछ अन्य पड़ोसी भी साथ में आए। मोनू की माँ

ने कहा, "डाक्टर ने खून चढ़ाने के लिए कहा है, जिसकी व्यवस्था करो"!
घरवाला अपने मित्र पड़ोसियो के साथ ब्लड बैंक जाता है। साथ में ब्लड
बैंक का पर्चा व सैंपल है। ब्लड बैंक के डॉक्टर ने खून के बदले खून की
मांग की। घरवाला स्तब्ध हो गया, उसे शंका हुई खून देने से कमजोरी तो
नहीं आ जाएगी वैसे भी एकमात्र वही है जिसकी वजह से किसी प्रकार से
घर का गुजारा चल रहा है। ऐसा सुनकर उसके साथी-पड़ोसी तो एक पल
भी ना ठहर सके। रक्त का इंतजाम न हो सका था। रात्रि शनै:-शनै: अपने
गंतव्य की ओर अग्रसर हुई। अब मोनू की माँ के घरवाले को चिंता हुई
सुबह–सुबह पुन: डाक्टर रक्त लाने के लिए कहेगा। अत: वह प्रात: काल
में ही अपनी पत्नी को मरणासन्न छोड़ कर कहीं अन्यत्र चला गया। मोनू
की माँ के बगल के बेड पर एक गरीब परिवार की लड़की भर्ती थी जिसे
आज डाक्टर ने डिस्चार्ज कर दिया था, क्योंकि वह अब स्वस्थ हो चुकी थी
उसका पिता यद्यपि अत्यंत गरीब हैसियत का था तथापि अच्छे दिल वाला
एवम बहादुर था। उससे मोनू की माँ की हालत देखी नहीं जा सकी। उसने
मानवता के नाते मोनू की माँ से पूछा बहन यदि मैं रक्तदान करूँ तो आपकी
जान बच सकती है। मैं यह कार्य अवश्य करूंगा! भगवान् की कृपा से मेरी
बेटी भी अब स्वस्थ है। भले ही आपके घरवाले या नाते- रिश्तेदार मुँह मोड़
कर चले गए हों तब भी अत: रक्तदान कर मैं आपकी जान अवश्य बचाऊंगा।
उस भले इंसान ने रक्तदान किया और मोनू की माँ को रक्त चढ़ाया गया

जिससे वह स्वस्थ तो हो गयी किन्तु उस भले इंसान को क्या पता था कि आफत अब आने वाली है।

उसकी पत्नी को इस घटना कि जानकारी अपनी ही भोली बेटी से हुई। उसने बड़्बड़ना शुरू कर दिया और सारे अस्पताल को सर पर उठा लिया। उसकी पत्नी का कहना था मैं बर्तन माँज कर पेट पालती हूँ। मैं सब्जी रोटी खा कर पेट पालती हूँ। मेरे पास काजू बादाम कहाँ जो मैं तुम्हारी सेवा कर सकूँ। तुम भी मेहनत मजदूरी कर के घर चलाते हो अगर तुम्हें कुछ हो गया तो मैं क्या करूंगी? आखिर डाक्टर के यह समझाने-बुझाने पर किसी तरह उसका गुस्सा शांत हुआ कि रक्तदान करने के पश्चात किसी भी प्रकार कि कमजोरी नहीं आती है। तब उस भले आदमी ने राहत कि सांस ली। वरना भलाई के बावजूद अपने ही घर में उसकी खैर नहीं थी। भलाई का अंजाम तो अच्छा होता ही है। मोनू की माँ ने उस भले इंसान जिसने अपने जीवन के इतने पापड़ बेलकर भी उसकी जान बचाई थी, लाख-लाख शुक्रिया अदा किया। जबकि अपने घरवालों कि नाकाबिलियत पर उन्हें कोसने के अलावा वह और कर भी क्या सकती थी!

संध्या प्रहर में शनै: -शनै: प्रकाश की किरणें धूमिल होती हुई पेड़ों की झुरमुट में खो गयीं। जब रात स्याह हो चली तब उसका पति घर लौट के आया। अपनी पत्नी को सही सलामत देख कर उसके आश्चर्य का ठिकाना ना रहा। शायद वह आत्मग्लानि वश कुछ सोच रहा था किन्तु जब उसे पता चला कि उसके जैसे ही किसी अन्य गरीब ने उसकी पत्नी कि

जान बचाई है तब उसके नेत्रो से पश्चाताप के अश्रु छलक़ने लगे। रुँधे गले से उसने कहा मोनू कि माँ मुझे माफ कर दो। मैं दोबारा ऐसी गलती कभी नहीं करूंगा और आवश्यकता पड़ने पर रक्तदान करके किसी जरूरतमंद की जान अवश्य बचाऊँगा। अब यही मेरा प्रायश्चित होगा!

मँझली बेटी

बंजारों की दुनिया भी अद्भुत होती है। न भविष्य की चिंता और न अतीत का दुख! बस वर्तमान मे सुखी संसार, गाता –बजाता, गुन गुनाता अपना जीवन खुशी–खुशी बिताया करता है। उनके आने से वीरानों मे भी जिंदगी आबाद हो जाती है। जंगल में मंगल मनाने का अनूठा उदाहरण वे सब प्रस्तुत करते हैं। उत्तर प्रदेश और मध्य प्रदेश की सीमा पर स्थित शंकर गढ़ एक पथरीला रेतीला गाँव जहां जेठ की दुपहरी में बहती लू के साथ–साथ रेत के बवंडर उठा करते हैं। जब तापमान अधिकतम होता है। तब पसीने से चिपचिपाते शरीर को राहत देने के लिए न वृक्षों की छांव होती है न विद्युत् का प्रवाह, जल के अभाव में स्नान करना तक असंभव हो जाता है। ऐसे ही दुर्गम व रेतीले इलाके में ये जन जातियाँ अपना बसेरा रोजी रोटी

की तलाश में बनाती हैं। भरी दोपहरी हो या सांझ की शीतलता, पत्थर तोड़ने का इनका कार्य निरंतर चला करता है। ठेकेदारों के निर्देशानुसार ये बंजारे अपने नन्हें- मुन्नों को बांस की टोकरी में कपड़ा बिछा कर खेलने के लिए भगवान भरोसे छोड़ देते है, और हाड़–तोड़ मेहनत कर ठेकेदारों की तिजोरी भरने का काम करते हैं।

जीवन कितना भी जीवट का हो परंतु उसकी एक परंपरा होनी चाहिए। एक नियम होना चाहिए। परंपरा और नियमों का निर्वहन जीवन जीने की कला सिखाता है, जीवन में आनंद का संचार करता है। इसीलिए अपना देश छोड़ कर आए वे बंजारे अपनी परंपरा एवम जीवन शैली को निरंतर अपनाए रहते हैं। एवम दूर–सुदूर तक अपनी वेषभूषा, नृत्य भाषा एवम कला के लिए जाने जाते हैं।

उन्ही बंजारो की एक टोली हमारे गाँव मे भी आई हुई थी। ठाकुर बहोरी सिंह एक ठेकेदार थे, खान-खदानों का ठेका लेकर पत्थर–गिट्टी तोड़वाना उनका प्रिय काम था। उनके चार लड़के व तीन लड़किया थीं। लड़के ग्रेजुएशन करके अपना–अपना व्यवसाय करते थे। उनकी तीनों बेटियो मे दो बेटियाँ विवाहित थी। परंतु उनमे से मँझली बेटी ने अविवाहित रह कर अपने समस्त परिवार को एक सूत्र में बांध रखा था। मँझली बेटी अत्यंत मेधावी थी। उसने सोशियोलाजी के साथ-साथ साइकॉलजी मे एम० ए० भी कर लिया था। वह एक इंटर कॉलेज मे प्रवक्ता के पद पर कार्यरत थी। वहां पर कार्य शिक्षण करते-करते उसने पी० एच० डी० की पढ़ाई भी

पूरी कर ली थी। परंतु उसका जीवन शिक्षण कार्य करके भी अशांत ही था। शिक्षा के गिरते स्तर, शिक्षकों की गरिमा एवं नैतिक मूल्यों का पतन उसको इस दल–दल से निकलने के लिए बैचेन कर रहा था। वैसे उसका मन प्रशासनिक सेवा में जाने का था। जिसके लिए वह निरंतर प्रयासरत भी थी। यद्यपि उसने कई बार प्री एवं मेंस के लिए परीक्षायें भी उत्तीर्ण की थी किन्तु हाय रे दुर्भाग्य! इंटरव्यू मे कभी एक नंबर या दो नंबर से उसका चयन रुक जाता था। किन्तु उसकी दृढ़ता व इच्छा शक्ति हर असफलता के बाद और प्रबल हो जाती थी।

विधि का विधान कहता है कि यदि मजबूत महल बनाना है तो नीव गहरी होनी चाहिए। उस मँझली बेटी का यही दुर्भाग्य था! बचपन से बहोरी सिंह ने बड़े परिवार, गरीबी एवं तंगी से तंग आकर अपनी मँझली बेटी को परवरिश हेतु मौसा एवं मौसी कमला को सौप दिया था। मौसा निसंतान थे अत: उन्होने मँझली को खुशी–खुशी स्वीकार कर लिया। मँझली बेटी बचपन से अपने माता–पिता के प्यार व संरक्षण से वंचित हो गयी थी। तब मँझली मात्र तीन साल की थी, उस समय उसे अपने पराए का भी ज्ञान नहीं था। मौसी के पास रहते ग्रामीण परिवेश मे उसका बचपन नष्ट हो गया। नन्हें मासूम हाथ हँसिया लेकर कभी घास काटते, कभी चारा, कभी बारिश मे धान की बोवाई करते तो कभी फसल पकने पर फसल काटने का काम भी करते थे। घरेलू कार्य करते, गीतों को गुनगुनाते वह कब समझदार हो गयी, उसे कुछ पता ही नहीं चला। जब उसे ध्यान आया तो बहुत देर हो

चुकी थी। उसकी शैक्षिक योग्यता लगभग शून्य थी। वह हाईस्कूल मे फेल हो गयी थी परिणामतः उसका भविष्य अंधकार मय हो गया था। दुर्भाग्यवश उसी बरस मँझली बेटी की माँ चल बसी, उसे कैंसर था। वैसे कैंसर लाइलाज रोग नहीं है, परंतु धन के अभाव, संसाधनो कि कमी कि वजह से उसकी माँ का समुचित उपचार नहीं हो पाया था। माँ के स्वर्गवासी होते ही कमला मौसी ने मँझली को अपने पैतृक घर वापस भेज दिया।

वे बच्चे अत्यंत भाग्यशाली होते हैं जिन्हे अपने माता–पिता का प्यार मिलता है। माँ के हाथ की रूखी–सूखी रोटी खाकर मन को जो सुकून मिलता है वह कहीं नहीं मिलता है। माँ की ममता का स्नेह भरा हाथ सिर पर फेरते ही सारा क्लेश दूर हो जाता है। माँ अपने बच्चों की सबसे बड़ी सलाहकार एवं मित्र होती है। अपने मन की व्यथा उससे बढ़ कर कौन सुन सकता है। मँझली बेटी के जीवन का यही पक्ष शून्य था। पिता केवल संबल एवं संरक्षण दे सकता है। मँझली बेटी को अपने पिता का संरक्षण तो मिला परंतु अपने जीवन का मार्ग दर्शन उसने स्वयं ही किया था।

अपने घर के शिक्षित वातावरण मे उसे उपेक्षा एवं उपहास का सामना करना पड़ा जिसने उसके आत्मसम्मान को निरंतर आहत किया गया। तब मँझली ने ठान लिया कि वह पढ़ –लिख कर अपने पैरों पर अवश्य खड़ी होगी। उसने लगन से पढ़ना शुरू किया। स्वाध्याय ने उसकी मेधा को सशक्त बनाया। आज वही मँझली बेटी अपने परिवार की आदर्श बेटी है। अपने से बड़ी एवं छोटी बहन का विवाह उसके प्रयासो से ही संभव

हुआ। अब वह 35 वर्ष की हो गयी थी। जीवन के इस मुकाम पर तमाम जिम्मेदारियाँ निभाने के बाद उसे एक जीवन साथी की आवश्यकता थी, जो उसके सुख–दुख का साथी बन सके एवं गंतव्य तक उसकी जीवन नैया का खेवनहार हो।

समय के इस अंधकार को दूर के लिए ठाकुर बहोरी सिंह ने उसके जीवन साथी के तौर पर एक सुंदर शिक्षित मेधावी लड़का पसंद किया। जीवन के इस उत्तरार्ध मे बहोरी सिंह को मँझली बेटी के प्रति अपने उत्तर दायित्व का अहसास हुआ और गत वर्ष शीत कल उसने मँझली बेटी के हाथ पीले कर दिये। मँझली बेटी ने बहुत दिन के बाद सुख का चेहरा देखा था। उसकी दृढ़ इच्छा शक्ति व कुशाग्र बुद्धि के कारण उसका चयन प्रशासनिक सेवा मे उप जिलाधिकारी के पद पर हो गया। आज उसके पास शासन, शक्ति शिक्षा एवं विवेक का अकूत भंडार है जिसके द्वारा वह भट्टे पर काम करने वाले बंजारों की बेटियो का जीवन शिक्षा की व्यवस्था से रोशन करती है। और अतीत को भूल कर वर्तमान की कठिनाइयों को सुलझाते हुए अक्सर मिल जाती है।

मोनू की कहानी

स मय अबाध गति से चल रहा था। कालचक्र अपने मे जीवन की विभिन्न घटनाएँ समेटे गति पकड़ रहा था। रात्रिकालीन प्रहर था, अंधेरा शनै: -शनै: गहराता जा रहा था। सड़क पर जनता जनार्दन की भीड़ छट चुकी थी। इक्के–दुक्के इंसान ही शीघ्र कदमों से अपने गंतव्य की ओर अग्रसर थे। घरों के रोशनदानों से प्रकाश की झीनी लकीरें खिंची आ रही थीं। आवारा कुत्ते अपने मोर्चे पर तैनात थे और टोली बना कर धमा चौकड़ी मे व्यस्त थे। कभी कभार भौंकने व चीखने की आवाज़े सुनाई दे रही थीं। इसी रात्रि में एक बच्चा मोनू बिस्तर पर पड़ा था। उसे तीव्र ज्वर ने घेर रखा था। स्याह पड़े और मलिन चेहरे में यह फर्क करना मुश्किल था कि किसकी कालिमा गहरी है। मोनू कराहता था, उसके बदन मे दर्द हो रहा था। उसकी

पीड़ा से उसके माता–पिता भी कम व्यथित नहीं थे। मोनू अभी–अभी पाँच वर्ष का हो चुका था। वह अपने विद्यालय का मेधावी छात्र था और हमेशा प्रथम आता था परंतु ज्वर की वजह से वह विगत दो दिनों से स्कूल नहीं जा पा रहा था उसके मम्मी–पापा उसे पूर्व मे समझाते थे कि बेटा एक दिन स्कूल मे गैर हाजिर होने से विद्यार्थी दस वर्ष की पढ़ाई से पीछे हो जाता है। यदि बड़े होकर कुछ करना चाहते हो तो समय के साथ चलो, नित्य विद्यालय मे हाजिरी दो और जो पढ़ाया जाता है उसे ध्यान से सुनो, समझो व कॉपी मे उतार लो। इस बात को गांठ बांध कर चलने वाला मोनू अत्यंत दुखी व उदास था, उसके माता –पिता उसे ढाढ़स बंधा रहे थे व समझा रहे थे कि बेटा पहले ठीक हो जाओ फिर दो गुनी मेहनत करके सभी छात्रों के समकक्ष आ जाओगे। इस तरह उदास व दुखी होने से कुछ नहीं होता। सभी मनुष्य परिस्थितियों के गुलाम हैं, उन्हे परिस्थितियों का सामना करना ही पड़ता है। विपरीत परिस्थितियों से भागने वाले कायर कहलाते हैं। अत: अपने आप पर भरोसा रखो। एक दिन तुम अपने प्रयास में अवश्य सफल होगे। मोनू ने कराह कर आँखें बंद कर लीं, माँ ने अपने नरम-नरम हथेली से उसका माथा छुआ! अत्यंत तीव्र ज्वर है, उसके मुंह से निकला। तुरंत चिकित्सक को दिखा लें मोनू के पापा! मै लापरवाही एकदम नहीं कर सकती। मोनू के पापा ने हामी भरी और थके हारे मन से तैयारी करने लगे। तब तक मोनू की माँ ने मोनू के कपड़े बदलकर पाउडर लगाकर तैयार कर

दिया था। पापा ने स्वयं गाड़ी निकाली और मोनू की माँ ने घर बंद कर गाड़ी मे अपना स्थान ग्रहण किया।

मोनू को पास के एक प्रसिद्ध चिकित्सक के यहाँ ले जाया गया। उसने परीक्षण किया, कुछ एक जांचें लिखीं व कल आने के लिए कहा साथ-साथ हिदायत देकर दवाइयो की राय दी। शनै: शनै: रात्रि अपने चरम पर पहुँच गयी थी।

भोजनोपरांत भी माता–पिता अपने लाड़ले बेटे की हालत देख कर सोने से परहेज करते रहे। कभी थर्मामीटर से ताप नापते कभी माथा दबाते। क्योंकि ताप बढ़ने से सिर मे तेज दर्द भी होने लगता था। रात्रि के अंतिम प्रहर मे ज्वर कुछ धीमा हुआ। माता -पिता इतने थक चुके थे कि अपनी सुध-बुध खो बिस्तर पर अपने-अपने कोनेमे निद्रा देवी की गोद मे सो गए।

प्रभात की नरम-नरम धूप जब वृक्षों की डालियों से अठखेलियां करने लगी तब रात्रि का घनघोर अंधेरा स्वत: ही छँट गया। बच्चे शैया पर माँ का आंचल छोड़ कर क्रीडा करने लगे। रात्रि का भय प्रात: काल की उमंग व उत्साह के समक्ष निष्प्राण हो गया था। धूप की गर्मी से बिस्तर पर हलचल होने लगी। मोनू और उसके मम्मी -पापा ने अर्ध निमीलीत नेत्रों से अपने आप का मुआयना किया व स्वयम को संभाल कर मोनू के ताप का परीक्षण किया। ज्वर पुन: बढ़ रहा था। हल्के-हल्के सिरदर्द के साथ उसके शरीर मे थकान व दर्द था। शरीर पर लाल लाल दाने थे। अविलंब मोनू को

दैनिक नित्य क्रियाओं व सूक्ष्म जलपान के पश्चात चिकित्सक को दिखाया गया। परीक्षण की रिपोर्ट आ चुकी थी। आज तीसरा दिन है। मोनू को डेंगू बुखार है। योग्य चिकित्सक कभी विपरीत परिस्थितियों मे नहीं घबराते बल्कि उसका समाधान निकालते हैं।

उन्होने मोनू के मम्मी-पापा को धीरज बँधाया और आश्वस्त किया कि उनके पास डेंगू का उपचार है। मोनू को अविलंब आकस्मिक कक्ष मे भर्ती कराया व उपचार शुरू किया गया जिससे मोनू की बेहोशी भी कम होने लगी। मोनू को प्लेटलेट्स चढ़ाया गया था परिणामत: उसे स्वास्थ लाभ मिलने लगा और वह कुछ ही दिनों मे स्वस्थ हो कर घर आ गया।

☙

अविस्मरणीय ऋण

बहुत समय पहले की बात है। वर्षा ऋतु का मौसम था। दोपहर का समय था मेरा ग्राम चारों तरफ पानी से घिरा हुआ था जिससे चारों तरफ सैलाब उमड़ा हुआ था। गंगा नदी के उफान को देखकर दिल बैठा जाता था व गंगा नदी में नाव सवारों को देखकर कलेजा मुख को आने लगता था। इन्हीं मे से एक नाव में सवार होकर मैं और मेरा एक साथी अपने गाँव हालचाल लेने शहर से घर पहुँचना चाह रहे थे। ग्रामीण बेबस लाचार बेघरवार होकर ऊँची जगहों पर रहने के लिये मजबूर थे। अब चना-चबेना सत्तु ही इनका भोजन था। नौका में सवार होकर हम मझधार का सीना चीरते हुये आगे बढ़े, तभी रह रहकर कच्चे मकानों के धराशायी होने के भयंकर शब्द सुनायी पड़ते थे। किसी तरह हम पलवइया ग्राम के किनारे

पहुँचे। यह बिहार के हाजीपुर जनपद में पड़ता था जो कि बाढ़ की विभीषिका से ग्रस्त था। पलवइया ग्राम हमारा पैतृक निवास था जो अब गंगा मइया के आगोश में समा चुका था। नदी किनारे खड़े वृक्ष तिनके की तरह गंगा में समा गये थे। मुझे याद हैं इसी ग्राम में मेरे मित्र शरद बाबू एवं उनकी पत्नी श्यामा की यादें बसती थी। शरद बाबू बाल्यकाल में गंगा को पारकर पाटलीपुत्र पहुँचते थें। उनके एक हाथ में पुस्तकें व दुसरे हाथ में सूखे कपड़े होते थे। शरद बाबू बहुत मेधावी छात्र थे। उनके शब्दों में कहूं तो भूगोल, इतिहास एवं समाजशास्त्र में सौ प्रतिशत अंक लाते थे। यदि एक प्रतिशत भी कम हुआ, तो गुरूजी की मार खानी पड़ती थी। अत: दण्ड के भय से सभी छात्र जी तोड़ मेहनत किया करते थे।

शरदबाबू ने मैट्रिक परीक्षा उत्तीर्ण की थी। कहते है शरदबाबू के पास परीक्षा का शुल्क भरने के पैसे नही थे क्योंकि उनके पिताजी एवं माता जी का स्वर्गवास हो चुका था। शरदबाबू अपने बड़े भाई के पास रहा करते थे। उनके चाचा जी को जब यह ज्ञात हुआ कि शरद के पास परीक्षा शुल्क भरने के पैसे नही हैं, तो उन्होने शुल्क का धन मनीआर्डर से भेजा, परन्तु किस्मत को कुछ और ही मंजूर था, उक्त मनीआर्डर उनके बड़े भाई के हाथ लग गया। भाई की बांछे खिल गयी। उन्होने अपने छोटे भाई शरद की परवाह न करके खूब गुलछर्रे उड़ाये। जब शरद को ज्ञात हुआ तो उन्होने ताऊ से पूछां। ताऊ ने साफ इन्कार की मुद्रा नकार दिया मुझे कोई पैसे नही मिले हैं। विवश होकर शरदबाबू ने मैट्रिक खयाल दिल से निकाल दिया। तब

अत्यंत हताश होकर उन्होंने यह किस्सा अपने गुरूजी को सुनाया। उन्होने शरद को धैर्य रखते हुये चाचा जी को पुनः खत लिखने को कहा। हारकर शरद जी ने पुनः पत्र द्वारा चाचा जी को सूचित किया शुल्क किसी कारण वश जमा नही किया जा सका हैं, तब तक चाचा जी सारा माजरा समझ चुके थे। उन्होने सन्देश वाहक के माध्यम से धन भेजा एवं विद्यालय में शुल्क जमा करवाया। आज तक शरदबाबू चाचा जी का यह एहसान कभी नही भुला पाये हैं। मेरिट में प्रथम स्थान पाकर शरदबाबू ने परीक्षा पास की। एवं शहर में रहकर ही ट्यूशन द्वारा आजीविका को सहारा दिया।

यह एक अजब इत्तेफाक था, कि शरदबाबू अपनी पत्नी जो उस वक्त आठवें क्लास में पढ़ रही थी को ट्यूशन पढ़ा रहे थे। उनकी पत्नी श्यामा अपने माँ-बाप की लड़ौती सन्तान थी। अत्यंत लाड़-प्यार से वे श्यामा का पालन पोषण करते थे। अचानक जब श्यामा के रिश्ते की बात शुरू हुयी जब श्यामा के पिता की नजर शरद बाबू पर टिक गयी। शरद जी न केवल मेधावी बल्कि धार्मिक प्रवृत्ति के व्यक्ति थे। उनके चौड़े माथे पर गजब की चमक थी। जो उनके व्यक्तितव को असाधरण बनाती थी। श्यामा के पिता ने शरद के चाचा जी से चर्चा चलायी व अपनी बेटी का हाथ शरद जी को सौपने का निर्णय लिया। खूब धूम-धम से विवाह सम्पन्न हुआ। कहते हैं, श्यामा के पिता देव जी ने एक सप्ताह तक बारात को विदा ही नही किया। आखिर वर पक्ष के निवेदन पर उन्होने बारात बिदा की। वो फूटफूट कर रोये थे। ऐसा पिता पुत्री का स्नेह दुर्लभ ही देखने को मिलता हैं। श्यामा बिदा

होकर पाटलीपुत्र से पलवइया ग्राम हाजीपुर जनपद नौका पर सवार होकर रवाना हुयी। पाटलीपुत्र के अपने आलीशान मकान से होकर एश्वर्य आराम एवं स्नेह का बन्धन तोड़कर श्यामा शरद जी के मिट्टी के घर में दिया एवं लालटेन के रौशनी में जीवन व्यतीत करने के लिये तैयार हो गयी। परन्तु चाचा जी ने शरद जी को रेलवे में नौकरी का अमूल्य अवसर प्रदान कर माँ गंगा की गोद से हमेशा-हमेशा के लिये दूर कर दिया। वक्त के साथ वो गांव वो घर वो गंगा का तट समस्त गंगा की गोद में समा गये जिसकी मात्र स्मृतियां ही शेष रह गयीं जो आज भी रहरहकर जेहन में उभर आती हैं। आज भी अपना बचपन जवानी और प्रौढ़ावस्था गुजर जाने के बाद शरद बाबू उनका अहसास करते है कि ये जीवन और ये खुशियां चाचा जी के उपकार स्वरूप ही हैं जो आज भी स्मृति में संचित हैं व चिरस्मरणीय हैं। अब शरदबाबू पचहत्तर साल के हो गये है। उनके बच्चे बड़े होकर सरकारी नौकरी में प्रतिष्ठित पद पर तैनात हैं परन्तु वो आज भी स्वयं को अकेला पाते हैं। भगवत भजन और राम नाम के अतिरिक्त उनकी कोई विशेष दिनचर्या नही हैं। अचानक एक दिन शरदबाबू को दिल को दौरा पड़ा। घर में पढ़ी लिखी बहू, पोते व अपने-अपने स्वार्थ में मस्त उनके लड़के भी थे किन्तु किसी ने अवकाश न प्राप्त होने का बहाना बनाया तो किसी ने व्यवसाय मे व्यस्त होने का बहाना बताया। बड़े लड़के की बहू ने तो लड़के की आज्ञा से उन्हे कहीं भी भर्ती कराने से मना कर दिया। हाय री किस्मत! मेहनत से पाई-पाई जोड़कर जिन लड़कों को पैरों पर खड़ा होने सिखाया

व ज्ञान और विज्ञान का का मेल सिखाया, वे ही आज बेगाने हो गये। आखिर तीन दिन बाद उन्हे एक सरकारी अस्पताल में भर्ती कराया गया, तब तक जीवन की हर आशा समाप्त हो चुकी थी। शरदबाबू ने मृत्यु शैया पर पड़े-पड़े ही भगवत दर्शन कर लिये थे एवं अब उनके जीने की अभिलाषा समाप्त हो चुकी थी। अब तो कुछ भी हो उन्हें कोई फर्क नही पड़ता था। अखिर उन्होंने एक दिन जेठ की दोपहरी में अपने शुभचिन्तक कहलाने वाले लड़कों के सामने ही निर्वाण प्राप्त किया। शरदबाबू के जाने के बाद बुजुर्गों की लिस्ट में केवल उनके चाचा जी ही बचे थें। जिन्हे मुधमेह की बीमारी थी। उनके पैर में बना नासूर जानलेवा साबित हुआ एवं जन्माष्टमी की रात जब भगवान श्रीकृष्ण जन्म ले रह थे, उन्हे ऐसी नींद आयी कि वो दोबारा उठ नही सके। चाचा जी कोमा में चले गये थे। अन्त में कोमा में ही उनका स्वर्गवास हो गया था।

आज शरदबाबू एवं चाचा जी दोनों इस दुनिया मे नही है, परन्तु समय के साथ उनका ज्ञान एवं कर्तव्यनिष्ठा परिवार की देखरेख का जज्बा आज उनके लाड़लों के संस्कारों में जीवित हो गया हैं एवं वे अब अपने उत्तरदायित्वों का निर्वहन करके अपने माँ को इस प्रकार से सुखी व संपन्न बना रहे हैं कि मानो वे अपने किये का प्रायश्चित कर रहे हों!

ॐ

बलूच शरणार्थी

उत्तर प्रदेश एवं मध्य प्रदेश की सीमा पर स्थित एक अत्यंत पिछड़ा एवं पथरीला इलाका है। इसी पथरीले इलाके को गुलजार करता हुआ पाकिस्तान से विस्थापित भारतीय नागरिकों का बसेरा है। यहां सिंधी-पजांबी कौम अपने-अपने संस्कारों के साथ खूब फल-फूल रही है। कहते है इस पथरीले इलाके के रेत में भी पैसा है, इन्हीं में से एक पंजाबी सरदार ने इन रैतीले बालूओं के टीले का परीक्षण करवा कर इनसे शीशा ढालने का हुनर सीखा, फिर तो शंकर गढ़ एवं आस पास के धन्ना सेठों की पौ बारह हो गयी, और देखते ही देखते ठेकेदारों एवं खदानों की खुदाई का अनवरत सिलसिला चल पड़ा। शंकरगढ़ वैसे भी कुदरती दौलत से माला माल है और सरदारों के पास व्यापार का खूबसूरत हूनर है। इनमें और

बनिकों में ट्रको की खरीदने की होड़ बराबर चला करती है। धनवान सेठ होने के लिये अधिक से अधिक ट्रको का मालिक होना आवश्यक है। यह बात सन् 1970 से पहले की है हो सकता है और भी पुरानी हो, सन् 1947 के आस पास की जब नफरत की जिद एवं एक व्यक्ति के अंहकार ने भारत की भूमि का बँटवारा कर दिया था तो तौहफे में मिले राज्य को नापाक कर दिया गया और खून-पसीनों एवं बलिदानों की असीम परंम्परा लिये अखंड भारत खंडित हो गया था। भारत माता के साथ साथ भारत की हर माता ह्दय में टीस लिये कराह उठी थी। एक युग का अन्त हो गया था। विकल्प में नफरत और प्यार को सीने में दफन किये दो देश शत्रुवत मित्रता का आग्रह कर रहे थे। जो आज भी यथावत है। सन् 2016 में एक दिन शंकरगढ़ की सुबह कुछ अनोखा गुल खिला रही थी। प्रातः के भव्य प्रकाश में शीतल मन्द बयार जब सबका मन मोह लेती है तो वही मन पर अमिट सुखद छाप छोड़ जाती है। मन की खूबसूरत आँखें इन मनोरम दृश्यों एवं सुबह के नर्म प्रकाश को एक साथ में आत्मसात कर रही हैं। सुबह सुबह छः बजे है बिस्तर पर कुम्हलाई काया उठने का प्रयास कर रही है। उसी समय गली से सिक्ख जत्थेदारों का जत्था प्रभात फेरी लगाता हुआ गुजरता है। वाहे गुरू-वाहे गुरू की ध्वनि से सारा वातावरण गुरूमय एवं गरिमामय हो गया है। पडोस की पंजाबन मौसी अपने पुत्र केा नसीहत देते हुये कह रही है, सुबह-सुबह सब तैयार होकर प्रभात फेरी वास्ते जा रहे है। ओय-आलसी उठ फेरी में शामिल होना तो दूर उठके बाहर भी नही निकला।

ओ मम्मी! मैं उठके गुरू के दरबार में मत्था टेक आऊंगा।

मौसी का गुस्सा ठंडा नही होता वह जानती है बिरजू बहाने बना रहा है। कहती है, "बेड़ा गर्क हो तेरा, गुरू के नाम पर बहानेबाजी करता है। लोग गुरूनाम लेकर बेडा पार कर गये। यह अभी तक चारपायी तोड रहा है।"

बिरजू ने पुनः आग्रह से कहा –माँ मैं गुरूद्वारा अवश्य जांउगा, अगर तुझे विश्वास न हो तो ग्रंथी साहब से पूछ लेना। अवश्य पूछ लेना!

माँ को अब सन्तोष हुआ कि बच्चा ठीक कह रहा है। माँ के सामने तो बचपन कितना ही उम्र दराज बन कर क्यों न आ जायें माँ की ममता का आंचल उससें कहीं अधिक ही बड़ा होता है।

कुछ देर बाद प्रभात फेरी ने विराम लिया और गुरू ग्रन्थ साहब का स्वर ध्वनित हुआ। एक ओमकार! सतनाम श्री वाहे गुरू, अरदास का वक्त हो गया था। श्रद्धालु प्रसाद लेकर घर की और प्रस्थान कर रहे थे।

मौसी भी प्रसाद पा घर जाने को तैयार थी तभी उसकी बहन आती हुयी दिखाई दी। उसनें छोटी बहन राजबीर कौर को आते देखा तो ठिठक गयी और उसका हाथ पकड़ कर, उसकी व उसके परिवार की खैरियत पूछने लगी, मौसी राजबीर कौर की बडी बहन मनप्रीत कौर थी।

मौसी ने कहा राजौ क्या हाल है।

राजबीर ने कहा- मन्नो दी सब ठीक चल रहा है। आज कल न हालात बहुत खराब है। पता नही न जाने कहाँ से एक अजनबी शरणार्थी अपने मोहल्ले में आया हुआ है पागलों जैसी हरकत करता है लगता है बना हुआ पागल है। कुछ लोगो ने पूछा तो बताया बलूचिस्तान से आया है, न भाषा समझ में आती है, न व्यवहार, अपने मंगें के पापा ने पूछा तो बताया, सरहद पार बड़ी मारकाट मची है। कई लोग घर से गायब हो गये। कई लाशें सड़क पर पड़ी मिलीं, लोगो का कहना है कि पाक सेना का इसमें हाथ है। रोज-रोज बलूच लोग घर से उठा लिये जा रहे है। न तो खेत है, न ही फसल है बस रंजो गम में डूबा आंतक का माहौल है। कब किस घर पर गाज गिरेगी क्या पता? आंतक के माहौल में क्या खाना क्या पहनना, क्षण भर की खुशी की कीमत जान देकर चुकानी पड़ती है। क्या उत्साह! क्या खुशी! अपनी ही धरती पर वे पराये हो गये हैं। उनकी धरती उनसे परायी हो जायें यही साजिश पड़ोसी मुल्क हमेशा करता है। उनमें से कई मारे गये जो जान बचा कर भागे, उन्हे सरहद पार हमारे देश में शरण के लिये आना पड़ा। उनका तो कोई नही! बस अल्लाह ही मालिक है।

बहन राजो: - दीदी, कुदरत का कहर पहले ही कम न था अब इन्सानी कहर भी टूट पड़ा है।

बहन मनप्रीत: - हाँ राजो जो गुरू से मुख मोड लेता है, तो घर का रहता है न घाट का। उसे अपना पराया कुछ नही सूझता। अपने ही लोगो पर यह जुर्म करना वास्तव में अंहकार एवं नफरत से कमाई आजादी की

वजह से हैं। अंग्रेजों ने इन्हें तौहफे में आजादी दी, और इन्होने इसका मजाक बनाकर रख दिया। अंहकार, झूठ, फरेब, नफरत से ये पडोसी अन्धे हो गये हैं। अब इन्हे अपना पराया कुछ भी नही सूझता।

मनप्रीतः- मैं बिरजू से कह आयी थी, कि गुरूद्वारे मथ्था टेकने आ जाना। आज प्रकाश-पर्व हैं। लगता है वह आ रहा हैं, वही हैं न मै घर चलती हूँ। घर मे सरदार जी अकेले होंगे उन्हे भी खबरदार करना हैं।

हाँ बहन वही बिरजू हैं।

बिरजू तब तक पास आ चुका था वह बोला- सत श्री अकाल मौसी!

प्रत्युत्तर में मौसी बोली, सत श्री अकाल बिरजू!

राजू: - मौसी बिरजू ठीक तो है? तुम्हारे साथ ये व्यक्ति कौन हैं ?

बिरजू आपके मोहल्ले का शरणार्थी बलूच है। अपने कपडे दिये हैं। इसे पहनाकर लंगर छकाने वास्ते लाया हूँ।

मौसी- हाँ बिरजू नेक काम हैं, तू तो अब समझदार इंसान बन गया हैं।

बिरजू गुरूद्वारे में हाथ पैर धुलवाकर उस शरणार्थी को ग्रन्थी साहब से मिलवाता हैं और उसकी पीड़ा बताता है।

ग्रन्थी साहब के आंखो में आंसू आ जाते है। मुल्क एवं घर छूटने का दर्द उनसे बढ़कर कौन जान सकता है। उन्होने गुरू के सम्मान में हाथ जोड़ दिये, व प्रार्थना करने लगे, कि हे सदगुरू, सच्चे बादशाह जो जुल्म से अपने हाथ काले कर रहे हैं उन्हे सम्मति दें! जो बदी से इन्सानियत को कंलकित कर रहे हैं, उनके इरादे नेक कर! मेरे सच्चे गुरू, कृपा करें। ग्रन्थी साहब उस शरणार्थी को संगत में ले गये व लंगर छकाया। गुरू का प्रसाद ग्रहण करते ही शरणार्थी का हृदय भर आया। उसने अपनी जुबान में कहा- यह देश धन्य है। जहाँ मानवता की सेवा ही धर्म है। उसने बिरजू का लाख-लाख शुक्रिया अदा किया। उसकी कृतज्ञता देखकर बिरजू अत्यन्त प्रफुल्लित हो उठा, और ग्रन्थी साहब से कहकर गुरूद्वारा में ही शरणार्थी के रहने खाने की व्यवस्था करवा दी। मानवता की सेवा ही सच्ची सेवा हैं। नेक नीयत है। ईश्वर की सच्ची कृपा है। सच्ची गुरूवाणी है।

अतिथि तुम कब आओगे

सांयकाल का समय था। मैं एक पक्के आलीशान मकान में जिसके बीत जाने का इन्तजार कर रहा था। काली डामर की सड़कों पर तेज रफ्तार से वाहन आवागमन कर रहे थे, परन्तु इस तेज रफ्तार जिंदगी में भी एक उबाऊपन भी था। एक अहसास जो रह-रह कर कचोट़ता था, कि गप्पू की अम्मा आज यदि साथ होती तो सभी अनुत्तरित सवालो का जवाब मिल जाता! वो गप्पू के बच्चे की देखभाल करने चण्डीगढ़ गयी है, आखिर क्यो मुझे उसकी बीती बातें कुरेदती है। यद्यपि मेरी स्मरण शक्ति आज भी मजबूत है, तथापि मै अक्षम हो चुका हूँ। अब मैं 65 वर्ष का एक बूढ़ा हो चुका हूँ। अब मुझसे उम्मीद भी क्या की जा सकती है? पहली बार जब गप्पू की अम्मा को देखा था, तब वह मात्र 23 बरस की थी, उस समय

उसके चेहरे पर खुदा का नूर टपका करता था, उसकी नाक तो गजब की सुन्दर थी, जब तक वो साथ रही मुझे अहसास ही नही हुआ कि एक जमाना गुजर गया है। वह हमेशा जिन्दादिल एवं खुशमिजाज रहती थी। कभी गुस्सा भी करती, कभी चिड़चिड़ाती तो मै हँस के उसे तब भी छेड़ना न भूलता। उससे कहता, तुम्हे मेरे प्यार पर गुस्सा आता है और मुझे तुम्हारे गुस्से पर प्यार आता है। तुम जितना गुस्सा होती हो तुम्हारी शक्ल उतनी ही आकर्षक हो जाती है, आखिर थक हारकर वो शान्त हो जाती थी। देखते-देखते कब 50 बरस की दहलीज उसने पार की कुछ पता ही नही चला, बेटा बड़ा हो गया और अपने पैरों पर खडा भी हो गया परन्तु उसे इस नोक-झोंक हंसी-मजाक और शेरो-शायरी ने कभी अहसास ही नही होने दिया कि हम दो है। हमारा पुत्र कब अपने नन्हे पैरो पर खड़ा हो गया और कब इन्जीनियर बन गया कुछ पता ही नहीं चला वरन उसका एहसास आज भी अनूठा है। जीवन के उतार-चढाव, दूरी-नजदीकियों के बीच गप्पू की अम्मा इस सल्तनत की मलिका बन गयी थी। उसकी जी तोड़ मेहनत देखकर कलेजा मुँह को आ जाता। लगता है जैसे मैंने ही कोई अपराध कर दिया हो जिसकी सजा ये भारतीय बाला अपनी मेहनत से चुका रही है। मैनें उसे अपने बचपन से लेकर जवानी तक के हर किस्से से वाकिफ कर रखा था। और वो भी अपनी बचपन की यादें कॉलेज की बातें शेयर करती थी। परन्तु मैं जानता हूँ कि जिसे मैने बचपन में काल्पनिक रूप में देखा था, वो निश्चित तौर पर तुम्ही थीं जिसे मैंने युवा अवस्था में अपने जेहन में सँजोया, ख़्वाबों में

जिसका शृंगार किया वो चेहरा तुम्हारा ही था और तुम ही मेरे पहलू में अपनी समस्त खूबियों को साकार कर मेरे सामने नजरें झुकायें खड़ी थी। एक समर्पण भाव लिये मानो तुम्हारे खूबसूरत नेत्र कह रहे हों कि अतिथि तुम कब आओगे?

ग्रामीण परिवेश में साथ-साथ रहते हुये कभी आभास ही नही हुआ कि हम सुख से दूर है, जल के अभाव मे खुश रहना एवं बिजली के अभाव में खुश रहकर जीवन बिताना मैने तुमसे सीखा। आवश्यकताओं की आपूर्ति तुम इतनी खूबसूरती से करती हो की दिल वाह-वाह कर उठता है। और अभावों का एहसास तुमने कभी होने ही नही दिया, उक्त परिवेश में रहते हुये कई वर्ष बीत गये, कई बसन्त और पतझड़ बीत गये अचानक एक दिन जीवन की काली स्याह रात भी आई जिसमें हमारे आंनद को झकझोर दिया, मन के तारों को छिन्न-भिन्न कर दिया। घर में आया मेहमान खलनायक बन गया, उस दिन रात्रि के प्रथम प्रहर में गप्पू की माँ चाय नाश्ता बनाने किचन की ओर गयी अधंकार में हाथ को हाथ नही सूझ रहा था। उसने सोचा गैस की रोशनी में मोमबत्ती जलाकर प्रकाश कर लूंगी, परन्तु गैस का लाइटर जलाते ही उसकी एक चीख निकली उसके पैरो पर जैसे किसी ने जलता हुआ अगांरा रख दिया हो पीडा से छटपटाती वो बाहर आयी,

हम अंन्धकार के खतरे को भांप चुके थे। टार्च की रोशनी से किचन में झांका तो गैस सिलेंडर के पास डंक उठाये एक बिच्छू बैठा था, तुरन्त

उसको मार कर हम गप्पू की अम्मा के पास पहुँचे पैर की कनिष्ठ ऊगंली में एक प्रकार का डंक का घाव दिखाई दिया। हमें उस ग्रामीण परिसर में मेहमान ही एक मात्र सहारा दिख रहा था उसे इस जगह की भौगोलिक एवं सामाजिक स्थितियां ज्ञात थी, मै किंकर्तव्य विमूढ़ हो चुका था, न मैने अपने जीवन में कभी बिच्छू के दंष का उपचार किया था न देखा था परन्तु आगन्तुक के कहे अनूसार हमने पैरो पर रस्सी बांधी एवं दंश-स्थल को सुई लगाकर सुन्न करने का प्रयास किया। दर्द में जैसे राहत मिली कालचक्र जैसे कुछ क्षणों के लिये थम गया। हमारा गप्पू मां की दुर्दशा देखकर कर सिसकते हूये सो गया। तब वह मात्र साल भर का था रात्रि भर मैंने सुई लगाकर कई बार राहत देने की कोशिश की परन्तु सुबह होते ही दर्द पुनः शुरू हुआ। मैने खतरे से अन्जान हो कर पुनः सुन्न करने की कोशिश की, परन्तु यह क्या? दर्द अपनी चरम अवस्था पर पहुँच गया था।

मैने अपने सहयोगी चिकित्सक को परामर्श के लिये बुलाया। रात्रि वाले आगंन्तुक दुबारा कभी झाँकने भी नही आये, सहयोगी ने स्थिति गंभीर है, देख कर सेलाइन चढाया एवं बेहोश करने वाली दर्द नाशक दवा का इन्जेक्शन लगाया। उक्त उपचार से त्वरित लाभ हुआ एवं गप्पू की अम्मा सो गयी। उस दिन मेरे सहयोगी ने एक साथ तीन जिंदगियां बचायी थीं, मै गप्पू की अम्मा के बिना नही रह सकता था और गप्पू भी अपनी मां के बिना नही रह सकता था। शनैः-शनैः मेरे व सहयोगी के उपचार ने गप्पू की मां को स्वस्थ्य कर दिया, परन्तु जीवन के जिस भयावह मुकाम पर ग्रामीण

जीवन की विभीषका ने हमें ला पटका था। उससे उबरना आसान नही था। आज भी रात्रि के काले अंधकार में जब ये स्याह सड़के सूनी हो जाती है तो प्रकाश के अभाव में एक अन्जाना भय सिर उठाने लगता है। आज हमने जीवन के 50 बसंत साथ-साथ पार किये है। जीवन में यदि पुष्प पुष्पित हुये है तो पतझड़ का बाजार भी मिला है, परन्तु उसकी आँखों में आज भी खोजता हूँ एक आमंत्रण, कि अतिथि तुम कब आओगे?

रोज कुआं खोदते रोज पानी पीते दिहाड़ी मजदूर

प्रात: काल जब ग्राम वासी जाग कर अपनी दिनचर्या पूरी करते हैं, तब उनमें से कुछ ग्रामीण गाँव छोड़ कर शहर की तरफ पलायन करते दिखते हैं। बड़े–बड़े शहरों में मुख्य चौराहों पर या घंटाघरों पर ये ग्रामवासी झुंड के झुंड रोजगार की तलाश में खड़े मिलते हैं। ग्रामीणों का ये संगम प्रात: 08 बजे से 10 बजे तक होता है। शहर के लोग अपना अपना गृह निर्माण कार्य, मरम्मत का कार्य व रंगाई–पुताई इत्यादि हेतु इन ग्रामीण कामगारों को न्यूनतम मजदूरी दर पर किराए पर ले जाते हैं। इनमे रेज़ा(स्त्री), पुरुष मजदूर, राजमिस्त्री व प्लम्बर आदि कारीगर होते हैं, जो

दूर देहात से आते हैं और चाल या झुग्गी झोपड़ियों में रात्रि निवास करते हैं, वे सभी वहीं पर अपनी गुजर–बसर करते हैं। कुछ मजदूर टोली बना कर व्यवसाय के रूप मे ठेका ले कर कार्य करते हैं और कुछ खानाबदोश लोग ग्राम मे जब कृषि कार्य नहीं होता है तब अपनी आमदनी बढ़ाने हेतु यह कार्य करते हैं। कुछ तो पीढ़ियों से ये कार्य करते आ रहे हैं। इनका कार्य छट्ठी पर कुआं खोदना होता है। कभी –कभी इन लोगों का बुरे, कड़क ठेकेदारों या कंजूस सेठों से पाला पड़ता है जो रोब दिखा कर और डांट–डपट कर इनकी दिहाड़ी में कटौती करते हैं और इनकी ढेर सारी बुराइयाँ करते नहीं थकते हैं। ऐसे लोगों का उसूल चमड़ी जाए पर दमड़ी ना जाए होता है। तब ये बेबस–लाचार ग्रामीण कामगार अपनी बनाई कृति को देख कर ही संतोष करते हैं और अपनी बेबसी का रोना रोते हैं।

ग्रामवासियों की पीढ़ियाँ दर पीढ़ियाँ खप जाती हैं परंतु इनकी आर्थिक स्थिति में कोई सुधार नहीं हो पाता। अत: ये विस्थापित ग्रामीण जुए व शराब के अड्डों पर नशा खोरी करते अक्सर देखे जाते हैं एवं गंभीर बीमारियों के साथ साथ दुर्घटनाओं आदि से ग्रस्त होकर असमय ही अपनी जान गवाते हैं। कुसंग, बुराइयाँ व नशा इनका शौक बन जाता है। रात्रि के समय सुनसान इलाकों में अक्सर ये गंभीर वारदातों जैसे लूट, हत्या डकैती इत्यादि में भागीदार होने लगते हैं।

भगवान झूठ न बोलवाये, इन्ही लोगों मे से कुछ पढे-लिखे शिक्षित ग्रेजुएट लोग भी होते हैं जो बेरोजगारी की मार से क्षुब्ध होकर अपना शौक

अंधकार के समय लूटमार कर पूरा कर लेते हैं। वे दिन में रंगाई–पुताई या निर्माण कार्य करते हैं। इन्ही मे से कुछ दिहाड़ी मजदूरों से पुछताछ करने पर पता चला है कि कुछएक मजदूर हाईस्कूल या बी० ए० तक शिक्षित होते हैं। ये पूछने पर कि शिक्षा प्राप्त करने लिए विध्यालय जाना क्या आवश्यक नहीं है तो उन लोगों ने बताया कि शिक्षा के लिए केवल विद्यालय मे दाखिला कराना ही आवश्यक है। बाकी वजीफा से लेकर उत्तीर्ण कराने का जिम्मा स्कूल प्रशासन का होता है। स्कूल का रिकार्ड खराब न हो इसलिए सुविधा शुल्क लेकर विद्यार्थियों को खुली छूट दी जाती है। इस तरह परीक्षा पास कर डिग्रियां लेकर देश के ये होनहार बेरोजगारी भत्ता पाते हैं एवं सुविधा शुल्क देकर नौकरियाँ प्राप्त करते हैं या फिर दिहाड़ी मजदूर बन कर दिहाड़ी कमाते हैं अथवा जुर्म की दुनिया मे प्रवेश करते हैं।

जाति–भेद, वर्ग भेद, ऊंच-नीच का भेदभाव व वैमनस्य ग्रामीण परिवेश मे हर परिवार की आर्थिक अवनति का पर्याप्त कारण है। राजनीति मे इसकी जड़ें बहुत दूर तक स्थापित हो चुकी हैं। जबकि भारतीय संविधान हमें इसकी इजाजत नहीं देता है। हमारे संविधान मे सभी नागरिकों को समान अधिकार, एवं समान अवसर एवं समान शिक्षा का अधिकार दिया गया है। परंतु सामाजिक कुरीतियाँ हमारे संस्कारों, हमारे रीति रिवाजों मे समा चुकी हैं। संविधान के नियमों का खुल्लम-खुल्ला उल्लंघन हमारे सामाजिक परिवेश में कलंक के समान है। किन्तु अब यह स्टेटस-सिंबल का प्रतीक बन चुका है। अपराधियों को सरंक्षण देकर, राजनीतिक लाभ

हेतु उनका इस्तेमाल, जाति भेद के अनुसार प्रचार–प्रसार मे उनका प्रयोग भारतीय समाज को आतंकित एवं कलंकित करता है। प्राचीन इतिहास के परिपेक्ष मे हम अपनी फूट, भ्रस्ट आचरण एवं लोभ-लालच से अपने शत्रुओ को प्रश्रय दे चुके हैं। यदि हम अतीत की घटनाओं से कुछ नहीं सीखे तो आने वाला भविष्य भारत वर्ष एवं भारतीय संविधान के लिए अत्यंत अहितकर साबित होगा।

11 बजते–बजते दिहाड़ी मजदूर निराश होने लगते हैं और मायूस होकर जब घर लौटते हैं तो घरवाली पूछती है आज कोई खरीददार नहीं मिला? आज क्या खाओगे क्या खिलाओगे? तब उनकी गरीबी देख कर कलेजा मुँह को आने लगता है। इंसान को इंसान खरीदता है। उसका भी मोलभाव तय होता है, तब उसके घर रोटी बनती है, बाल–बच्चों का पालन पोषण होता है, दिहाड़ी मजदूरों की यह अत्यंत कारुणिक कथा है। अंतर यह है कि दास प्रथा परतंत्र देश की प्रथा थी जबकि यह इस आधुनिक आजाद देश कि प्रथा है जहां इंसान के लिए इंसान बिकता है। संविधान में समानता का अधिकार तब भी था आज भी है आगे भी रहेगा। ये अधिकार जानते सब हैं पर मानते कितने हैं?

❧

अनंत की यात्रा

गाँव के गलियारों मे बच्चों का शोरगुल थमने का नाम ही नहीं ले रहा था। जब कोलाहल ऊँचा होता गया, तो थल्ले पर बैठे बुजुर्गों ने डांट कर अपनी मौजदगी का अहसास करा दिया। शोर सहसा थम सा गया और वह महीन गुफ्तगू एवम कानाफूसी मे बदल गया। गर्मियों की छुट्टियों मे जहां ये गलियारे हमेशा शोरगुल लड़ाई झगड़े तू-तू मैं-मैं से भरे होते हैं वहीं यार दोस्तो की गलबहियों व हंसी-मज़ाक से भी भरे हुए भी होते हैं।

अचानक उसने कहना शुरू किया। वो मेरा परम मित्र हुआ करता था। पढ़ायी लिखाई खेलकूद बाजार-व्यवहार मे वो हमेशा आगे रहता था उसका नाम दिलीप था। जब मुझे ये खबर मिली कि दिलीप भाई को

हृदयाघात हुआ है तो सहसा यकीन ही न हो पाया। मैं उससे मिलने कानपुर से उसके गाँव शंकरगढ़ आ धमका। उसके घर मे नाते-रिश्तेदार अत्यंत हताश एवम उदास थे। दिलीप के अलावा उसकी पत्नी सारिका एवम दो बच्चे भी थे जिनकी उम्र क्रमशः 10 वर्ष एवम 8 वर्ष थी। बड़े बेटे का नाम जीतू व छोटे बेटे का नाम बबलू था। उसके पिता का देहांत पहले ही हृदयाघात से हो चुका था। माँ वृद्ध हो गयी थीं तथा साथ मे रहती थी। अच्छा खाता पीता परिवार था। उसका किराने का व्यापार था जो अच्छा चल निकला था उसकी पत्नी सारिका भी उसका कामकाज बँटाती थी। वह एक पढ़ी-लिखी सुसंकृत महिला थी परंतु हमारा मित्र केवल मैट्रिक पास था। जब मैं उसके पास जाता तो सारे गम भूल जाता। उसकी हंसी - ठिठोली मे सब तनाव गायब हो जाता था। अजीब सा बंधन था उसके साथ, कि मन उससे मिले बिना बैचेन हो जाता था।

इंसानियत का रिश्ता या मित्रता का बंधन अबोध बचपन हम सब मे खूब पल्लवित व पुष्पित हुआ था आज उसकी उम्र 56 वर्ष कि थी और मेरी भी। हम दोनों हमउम्र ही थे।

उसने कहना शुरू किया, गर्मियों कि छुट्टियों मे हम सब गुल्ली डंडे, कंचे और क्रिकेट आदि न जाने कितने खेल खेलते थे। कभी उसे पीठ पर लाद कर मैं दांव देता तो कभी वो। वो कंचे खेलने का बहुत शौकीन था। एक-एक करके मैं सब कंचे जीत लेता था। तब वह गुस्से मे कहता तुमने

चीटिंग की है। कभी-कभी मैं अपनी तरफ से सफाई पेश करता एवं व्यंग्य में कह देता कि खिसियानी बिल्ली खंभा नोचे।

उन दिनों हम सब भरी दोपहरी मे दौड़ प्रतियोगिता का आयोजन कर रहे थे। प्रथम पुरस्कार पेंसिल व रबर था। द्वितीय पुरस्कार पटरी थी हमारा मानना था की हारना-जीतना बड़ी बात नहीं है बल्कि प्रतियोगिता मे भाग लेना व खेल भावना का परिचय देकर दौड़ पूरी करना सबसे अच्छी बात है तब हमारा देश विश्व स्तर पर क्रीडा प्रतियोगिता मे फिसड्डी ही हुआ करता था। एवम स्पर्धा जीतना दूर की कौड़ी पाने के बराबर था तब गाँव मे खेल संसाधन न के बराबर थे। अत: मजबूरन दौड़ या खोखो या कुर्सी दौड़ प्रतियोगिता ही मनोरंजन या प्रतिस्पर्धा के साधन थे। ये सब वित्त विहीन संसाधन की श्रेणी मे आते थे।

हम सब ने दौड़ प्रारम्भ की। सबने भांति-भांति से प्रयास कर दौड़ मे अव्वल आने का प्रयास किया। परंतु हमारे दिलीप भाई के भाग्य मे कुछ और ही लिखा था। वे बीच रास्ते मे गिर पड़े थे। कुछ प्रतियोगी इस आपाधापी मे आगे निकल गए परंतु मैं अच्छी कदकाठी का होने के वावजूद सबसे पीछे था। मेरा मित्र गिरा पड़ा था। मुझसे उसकी उपेक्षा न हो सकी। मैंने तुरंत उसे सहारा देकर उठाया व चोटों का निरीक्षण किया उसके बाए टांग की हड्डी सफ़ेद चमक के साथ दिख रही थी। खाल फट गयी थी। भगवान ने हमारे मित्र को बाल -बाल बचा लिया था। टांग टूटी न थी। अन्यथा उसकी सारी छुट्टिया बेकार हो जाती। हम उसे डाक्टर के पास ले

गए व मरहम पट्टी करवा कर उसे उसके घर छोड़ आए। वो दिन मुझे आज भी याद है एक अजीब संतोष व कशिश भरा समय था जब हमने उसे उसके घर छोड़ा। तब हमारी उम्र मात्र 15 वर्ष थी।

सन सत्तर के दशक मे मुहम्मद अली मुक्केबाजों मे शुमार हुआ करते थे। हमारे यहाँ भी बॉक्सर बनने की होड़ लगी थी। हर्र लगे ना फिटकरी, रंग चोखा। हमारे बड़े भाइयों ने बॉक्सर भाइयों के अद्भुत किस्से सुना कर हमे बॉक्सिंग के लिए प्रेरित किया। हम आपस मे घनिष्ठ मित्र थे परंतु बड़े भाइयों की इस कूटनीति मे फँस कर हम दोनों एक दूसरे के खिलाफ मुक्केबाज़ी मे ज़ोर आजमाइश करने को तैयार हो गए। मुक्केबाज़ी की रणनीति बनाई गयी। मैंने दिलीप भाई पर अटैक पर अटैक कर दिया। दिलीप भाई इस अटैक से हतप्रभ थे। उन्हे ये कतई उम्मीद ना थी की उनका परम मित्र इस बेरहमी से उनपर मुक्के बरसाएगा। उनकी भावनाओं को काफी ठेस पहुंची थी। मैं इस मुक़ाबले को जीत कर भी अपनी मित्रता को हार गया था। दिलीप भाई ने काफी समय तक बोलचाल बंद कर दी थी। उसका प्रश्नवाचक भावशून्य चेहरा जब भी मेरे सामने आता, मेरे से एक प्रश्न पूछता क्या ये एक मित्रवत व्यवहार था या खेलभावना के विरुद्ध शत्रुवत व्यवहार? मैं उसकी आंखो के ये भाव पढ़ कर निरुत्तर हो जाता। आत्मग्लानि व पश्चाताप से मेरा मन फूटफूट कर रोने लगता था। मेरा मन पुन: अपने मित्र से मिलने के लिए व्याकुल हो उठता था।

समय बहुत बलवान होता है निर्दयी भी। कभी समय मरहम का काम करता है कभी चोटों पर नमक छिड़कने का काम करता है। जीवन में किसी का समय एक सा नहीं रहा है उतार -चढ़ाव सफलता-विफलता की कहानी है समय। भूत भविष्य के दो पाटों के बीच वर्तमान के रूप मे जीवित समय उमंग, उत्साह व जीने की कला से भरपूर होता है। जिसने इसके हर पल को आनंद से जिया उसका अतीत भी सुनहरा और भविष्य भी होनहार होता है। यह समस्त दुखों की अनूठी औषधि है।

हम अब युवा हो चुके थे। हमारी उम्र अब 30 वर्ष की थी। वह अपने व्यवसाय मे व्यस्त हो गया और मैं अध्ययन में। ऐसा कोई भी पल नहीं बीता था जब मुझे उसकी याद न आयी हो। गर्मियों की छुट्टियों मे ही हम साल में एक बार मिल पाते थे, वह भी तब, जब मैं अपने गाँव वापस छुट्टियां मनाने वापस जाता था।

शाम के धुंधलके मे बहती मंद बयार का सुख लेने हम अक्सर दूर सड़क पर निकल जाते। जब थक जाते तो पुलिया के मुंडेर पर बैठकर गपशप करके थकान मिटाते थे क्षितिज के उस पार जब शाम का सूरज छिप जाता हम वापस घर लौटते।

समय बीतते समय नहीं लगता अब हम प्रौढ़ हो चुके थे उसके दो नन्हे मुन्ने बालगोपाल थे और मेरे भी।

आज वह मृत्युशैया पर लेते लेटे-लेटे अपने बचपन के मित्रों को याद कर रहा है। उसकी स्मरणशक्ति भूतकाल की घटनाओं को चित्रवत सजीव करती जा रही हैं। मैं सब कुछ जान कर भी असहाय ही था। मेरा मित्र अपने अंतिम समय मे पहुँच चुका था जहां से लौटना मुमकिन नहीं था। मैं उसके अंतिम समय का मूक साक्षी था उसके हृदय की धमनियाँ अवरुद्ध हो चुकी थी।

ग्रामीण परिवेश मे हृदयाघात का समय से उपचार करीबकरीब असंभव है। हृदयाघात एवम समय का अटूट संबंध है। समय ही जीवन है। जितने कम समय मे हृदयाघात के रोगी को उपचार मिल जाए उसके जीवित रहने की संभवना उतनी अधिक होती है। समय की बढ़ती अवधि के साथसाथ जीने की आशा भी क्षीण हो जाती है। मेंरे मित्र को भी समय से उपचार नहीं मिल सका था। हृदयघात की पीड़ा कितनी तीव्र होती उसे एक भुक्तभोगी ही महसूस कर सकता है।

हमारा मित्र भी उस रात्रि के प्रथम प्रहर मे हमे छोड़ कर अनंत की यात्रा पर निकाल पड़ा था। चिरंतन स्मृतियों, असीम संभावनाओ एवम सपनों को अपनी बिलखती पत्नी एवम बच्चों के मासूम कंधो पर छोड़ कर चल दिया था अनंत की यात्रा पर।

मृत्यु शाश्वत है परंतु मृत्युपूर्व कुछ घटनायें आने वाली दुर्घटना का संकेत दे जाती हैं। मृत्युपूर्व मनुष्य के स्मृतिपटल पर भूतकाल की घटनायें

चित्रलिखित सी साकार होने लगती है। यह कथानक मृत्युपूर्व स्मृति से संबन्धित है।

☙

अविस्मरणीय क्रिकेट की वो रातः

सांयकाल की हल्की-हल्की माटी की सोंधी खुशबू एवं शीतल पवन के मन्द-मन्द झोंके मन को अंत्यन्त आनंदित कर रहे थे। मेरा मन सन 1983 में क्रिकेट के ताने बाने बुन रहा था। कभी क्रिकेट जगत में 50-50 ओवरों के मैच मे फिसड्डी माने जाने वाली भारतीय क्रिकेट टीम में कपिल देव, ने जैसे स्फूर्ति एवं हौसलो के पंख लगा दिये थे। कप्तान कपिल देव, के सब दीवाने हो गये थे। एक युवा टीम मे हुनर का निखार आ गया था। क्रिकेट टीम अपनी हर कसौटी पर खरी उतर रही थी। सेमीफाइनल में इंग्लैंड को परास्त करने के पश्चात भारत की टीम आत्मविश्वास से भरी हुयी

थी। फाइनल में उसके सामने दो बार की विश्व चैम्पियन टीम वेस्टइंडीज थी जो जीत की हैट्रिक करने के लिय बेताब थी। महारथियों से भरी इस टीम के कप्तान क्लाइब लाएड व उप कप्तान बेमिसाल विवियन रिचर्ड थे। रात्रि के 8 बज चुके थे दोनो टीमें आमने-सामने थी, पहले भारतीय टीम ने बल्ले बाजी की। ज्योल गार्नर, एन्डी राबर्टस, मेल्कम मार्शल, जैसे तूफानी गेंदबाजो के समक्ष भारतीय टीम अधिक देर तक टिक नही सकी। पुछल्ले बल्लेबाजों जैसे मदन लाल आदि ने स्कोर में जैसे-तैसे कुछ वृद्धि की और कुल184 रन पर पूरी टीम आउट हो गयी।

रात्रि के इस घने अधंकार मे मैं और मेरा रेडियो दोनो घबरा रहे थे। मैंने अपने बड़े से दो मजिले मकान की खिड़कियां बन्द कर दी थी। मन निराशा से भर गया था उस पर दिन की थकान हाबी हो गयी थी। अन्ततः मेने उम्मीद छोड़ दी थी। वहां पर मुझे सांत्वना देने के लिये भी कोई नही था। विशाल वेस्टइंडीज टीम के सामने यह स्कोर कुछ खास नही था। अतः मैं कब निद्रा की गोद में सो गया कुछ पता ही नही चला।

मैं सुबह के प्रकाश में निराशा-हताशा की चादर ओढ़े उठा। मेरे लिये यह फैसला अन्तिम था कि वेस्टइंडीज ने निश्चित ही जीत हासिल कर ली होगी। वह रविवार की उमस भरी सुबह थी जिसमें सफलता का प्रकाश नव प्रभात का अगाज कर रहा था। क्रिकेट के नवयुग का आरम्भ हो रहा था। परन्तु में इन सब से अनजान अपनी खीझ उतारते हुये हास्टल पहुँचा ताकि ये निश्चित कर सकूं कि भारत कितने रन से हारा, मैंने जिज्ञासा से अपनी

आखें अपने मित्र पर टिका दी और उसकी खीझ व हतासा देखने के लिये उत्सुकता वश पूछा, "मित्र कल रात्रि मे भारत के भाग्य में क्या लिखा था। हार या ....जीत"। मित्र के जवाब ने मुझे अवाक कर दिया। उसका जवाब सुनकर मैं स्तब्ध हो गया था, भारत 40 बहुमूल्य रनों से वेस्टइंडीज को पराजित कर चुका था। एक नया इतिहास लिखा जा चुका था परन्तु मैं उसका साक्षी नही बन सका था। जब दुनिया भारत की जीत पर जश्न मना चुकी थी कमेंट्रेटर का सिंहनाद मेरे कानो में गूंजने लगा अब मैं केवल कल्पना ही कर सकता था उस महान विजय उन्माद उत्साह की जो कप्तान कपिल देव ने अपने प्रिय देश को दिया था। मैं अपनी ही नजरों में पश्चाताप करने लगा था क्योंकि मेने उम्मीद छोड़कर भारतीय रणबांकुरो के अदभुत कौशल को नही देखा था।

इसी वक्त मुझे अहसास हुआ कि उम्मीद का दामन कभी नही छोडना चाहिये चाहे चुनौती कितनी भी बड़ी और कठिन क्यों न हो।

क्रिकेट अनिश्चितताओं का खेल है इसमें कभी भी कुछ भी हो सकता है। भारतीय क्रिकेट के इस अदभुत उलट फेर ने भारतीय क्रिकेट की दशा एवं दिशा दोनों बदल दी, भारतीय क्रिकेट बोर्ड सबसे धनी क्रिकेट बोर्ड बन गया और भारतीय खिलाड़ी सुपर स्टार बन गये। मुझे इस बात का दुःख जरूर है कि भारत वर्ष के निर्णायक क्षणों का गवाह भले ही मैं न बन सका परन्तु उसके अच्छे दिनों में मैंने उसका हमेशा साथ दिया आज भारतीय क्रिकेट बुलन्दियों पर है उसका सारा श्रेय श्री कपिल देव जैसे महान

प्रेरणादायी कालजयी कप्तान को जाता है। हम ईश्वर से प्रार्थना करते है कि श्री कपिल देव निखंज जी दीर्घायु हो एवं भारतीय क्रिकेट के एवरेस्ट छूने के अभियान मे साक्षी हो, भागीदार हो!

सारा हास्टल रात्रि में जश्न मनाने के बाद सो रहा था साथियों को छेड़ने की हिम्मत मुझ में नही थी। मेरा दिल बल्लियों उछल रहा था उस प्रातः जब मैं मीठी जलेबियों का रसास्वादन कर रहा था मेरी पलकें भीगी हुयी थीं, दुनिया के इस नायाब तोहफे से वंचित हो गया था मैं। इस उम्मीद के साथ मैंने गहरी सांस ली कि फिर कभी सही ....। यह तो अन्त नहीं वरन शुरुआत है भारतीय क्रिकेट के उज्जवल भविष्य एवं युवा क्रिकेटरों के उम्मीद की।

☙

डॉक्टर के मन की बात

पात्र परिचय:-

1-सूत्रधार 2-राधा मोहन 3-सोहन लाल 4-जन्गू लाल 5-डा0 श्रीवास्तव।

दृष्य:-1

सूत्रधार: - इतिहास गवाह है, कि सामाजिक समस्याओं के हल का ठेका पहले चौपालो ने ले रखा था। सांझ की धुंधलाती रोशनी, लालटेन के टिमटिमाते प्रकाश में बहुत सारे समस्याओं का हल निकल जाया करता था। समय परिवर्तनशील है। आज कल चौपालों की जगह नुक्कड़ के चाय-स्टालों ने ले ली है।

वहां पर चाय की चुस्कियों से समस्याओं का बाजार गर्म होता है और चाय की चुस्कियों पर ही समाप्त हो जाता है। गरमागरम राजनैतिक, घरेलू, सामाजिक व आर्थिक समस्याओं का मसालेदार समाधान तड़का चाय के स्टॉल पर हर व्यक्ति की जुबान पर होता है।

दृष्यः-2

स्थान राजू टी स्टालः-राधा मोहन ओर सोहन लाल दो मित्र चहल कदमी करते हुये आते हैं।

राधा मोहनः- मित्र कल ही की बात है, कि प्रधान मंत्री के मन की बात सुन रहा था। उन्होने ग्रामीण क्षेत्रों में साफ सफाई एवं शौचालय निर्माण पर विशेष रूप से जोर दिया है, उन्होने ने कहा था, बीमारी गंदगी का घर है, उसे दूर कीजिये, साथ-साथ स्वच्छ पेयजल का सेवन एवं जैविक खैती को भी बढ़ावा दिया है।

सोहन लालः-हां भइया, बात तो सोलह आने सच है, पडोस के घर के बाहर खूब पानी फैला रहता है व खूब गंदगी रहती है, उनके घर में कोई न कोई बीमार ही रहता है। कभी ज्वर कभी, कभी डायरिया तो कभी खुजली से पड़ोसी ग्रसित ही रहते हैं। उनके बेटे जन्गू लाल को डेगू बुखार आया है। डा0 साहब बता रहे थे कि घर के आंगन में टूटे नारियल के खोल, टायर, टूटे प्लास्टिक के बर्तन कूलर नालियां इत्यादि में पानी न जमा होने दें इनमें ही डेगू मच्छर पनपते है। घर में साफ-सफाई रखें अन्यथा मष्तिक

ज्वर और डेंगू ज्वर फैल सकता है। मलेरिया फाइलेरिया तो अब सामान्य बात हो गयी है।

राधा मोहन:-और क्या-क्या बताया डा0 साहब ने हमें भी समझाओं भाई।

सोहन लाल:-डा0 साहब ने कहा था, सुबह और शाम को घर से कम से कम निकलो।

राधा मोहन:-यदि बहुत आवश्यक कार्य हुआ तो क्या करें।

सोहन लाल:- भइया तब तो पूरे बांह की कमीज, व फुल पेंट व मोजा-जूता पहन कर ही बाहर निकलें। शरीर पर ओडोमास क्रीम लगायें घर में आलआउट या गुडनाइट अथवा कछुआ छाप अगरबत्ती इत्यादि जलाएं क्योंकि इनके धुयें से मच्छर मर जाते है।

राधा मोहन:-सोहन भइया चलो जन्गू भइया के पास भी हो लेते है, सुना है कल ही अस्पताल से घर वापस लौटे है।

दृष्य:-3

सूत्रधार: - अब राधा मोहन व सोहन लाल दोनों मित्र जन्गू भइया यानि सोहन लाल के पड़ोसी से मिलने उसके घर पहुँच रहे हैं।

राधा मोहन:- सोहन भइया इन्सान जब तक स्वंय ठोकर नही खाता है, उसे अकल नही आती है। तमाम रेडियो, टी0वी0 समाचार पत्रों एवं

लाउडस्पीकर से जोर -जोर से सफाई के बारे में प्रचार किया जाता है, परन्तु परिणाम वही ढाक के तीन पात। (इतने में जन्गू का घर आ जाता है)

जन्गू लालः- राम-राम सोहन भइया, - राम-राम राधा मोहन भइया,

सोहन एवं राधा मोहन, राम राम भइया (समवेत स्वर में)

जन्गू लालः - आओं भइया बैठौ (घर के अन्दर से दो कुर्सियां मगवाता है)

सोहन लालः- अरे जन्गू भइया तुम तो अस्पताल में भर्ती थें। अस्पताल से घर कब वापस आये?

जन्गू लालः - आज ही डा0 साहब ने छुटटी दी है। क्या करें भइया चुन्नू की अम्मा और चुन्नू से आज ही घर की गदंगी साफ करवायी है। सारा घर तहस-नहस हो गया था।

सोहन लालः- बहुत ठीक भइया अब तुम साफ सफाई हमेशा रखना तभी स्वस्थ्य रह पाओगे।

राधा मोहनः-भइया तुम तो अस्पताल में रह कर आये हो वहां दोनों समय साफ सफाई झाडू पोछा होता रहता है। तभी तो बीमार मरीज ठीक होकर घर जा पाते हैं।

जन्गू लालः- हां भइया हां।

सोहन लालः-डा0 साहब क्या क्या पूछे रहें तनिक हमें भी अपनी बीमारी के बारे में बताओं।

जन्गू लालः- भइया डा0 साहब ने बताया डेंगू ज्वर हो गया है उन्होने हमें डेगू-वार्ड में भर्ती किया चारों तरफ चारपाइियों पर मच्छरदानी लगी हुयी थी उसी मच्छर दानी के भीतर हम रहे।

सोहन लाल और राधा मोहन: - (गम्भीरता पूर्वक) भइया डेंगू के लच्छण हमें भी तो बताओं ताकि हम भी पहचान सकें।

जन्गू लालः-भइया डा0 साहब चेकअप के लिये बुलाये है, आप लोग भी साथ चलो वही डा0 साहब से पूछ लेना। डा साहब किसी को मना नही करते हैं।

दृष्यः-4

तीनो मित्र डा0 साहब के क्लीनिक पर पहुचते है। -

नमस्ते डा0 साहब (तीनों समवेत एक स्वर मे)।

डा0 साहबः-नमस्ते-नमस्ते! कहो कैसे आना हुआ?

जन्गू लालः-डा0 साहब आज आप चेकअप करने के वास्ते बुलाये थे, जिज्ञासावस साथ में यह दोनो मित्र भी चले आये हैं।

डा0 साहबः-अच्छा ये बात है। (चेकअप करने के बाद) जन्गू अब तुम बिल्कुल ठीक हो गये हो। हां राधा मोहन और सोहन जी बतायें क्या जानकारी आपको चाहिये।

सोहन लालः- डा0 साहब डेगू की पहचान कैसे करें?

डा0 साहबः-डेगू ज्वर में बहुत तेज बुखार आता है सिर में बहुत तेज दर्द होता है। हाथ पैर में बेतहाशा पीड़ा होती है। कभी-कभी उल्टी भी होती है। यदि उचित उपचार न हुआ तो रोगी बेहोश भी हो सकता है।

राधा मोहनः- डा0 साहब क्या डेंगू का उपचार घर में भी किया जा सकता है।

ड0 साहबः- हां डेगू का घरेलू उपचार भी है। ज्वर आने पर रोगी को तरल पदार्थ जैसै- दूध, चाय, फलों का रस, ओ0आर0एस का घोल अधिक मात्रा में देना चाहिये। इससे निर्जलीकरण का खतरा टल जाता है।

पौष्टिक भोजन लेना चहिये जिससे उर्जा बनी रहे। सबसे महत्वपूर्ण यह है, कि बुखार आने पर या सर दर्द होने पर पैरासिटामाल की गोली देनी चहिये। यह सबसे सुरक्षित दवा है। अन्य किसी भी प्रकार की दवा डा0 के परामर्श के बिना कदापि न दी जाये!

यदि रोगी का ज्वर नियंत्रण मे नहीं आ रहा है, तो समीप के चिकित्सालय में भर्ती अवश्य करायें जिससे डेगू ज्वर एवं प्लेटलेट्स की जांच व त्वरित उपचार की व्यवस्था हो सके!

डा0 साहबः- घर-घर में मच्छरदानी का उपयोग अवश्य करें क्योकि रोकथाम ही सर्वोत्तम उपचार है।

अच्छा सोहन लाल राधा मोहन जन्गू भइया आज के लिये इतना ही, ईश्वर आप सभी को स्वस्थ्य एवं सुखी रखें!

सूत्रधारः- भाइयों अधकचरा ज्ञान सबसे अधिक घातक होता है।

अतः आधी अधूरी जानकारी देने वालो व्यक्तियों से सावधान रहें। पूर्ण जानकारी हेतु निकटतम स्वास्थ्य केन्द्र या चिकित्सालय के डा0 से ही परामर्श लें

आप सब स्वस्थ रहें सुखी रहें एवं देश की प्रगति में योगदान अवश्य करें।

घर बाहर अपने ग्राम, शहर देश को स्वच्छ बना कर बीमारियों का सम्पूर्ण नाश करें।

उदार हृदया

जीवन के 35 बंसत देख चुके आलोक बाबू अपने जीवन से संतुष्ट न थे। उन्हे हमेशा शिकायत थी कि कामिनी ओर कंचन ने उनका साथ कभी नही दिया। वैसे कामिनी एवं कंचन तृष्णा के प्रतीक है, एवं पूरक भी। परन्तु तृष्णा के अधीन होकर आलोक बाबू का जीवन बिखर सा गया था। आलोक बाबू विकास भवन में जिला पंचायत राज अधिकारी के पद पर नियुक्त थे।

उनका सम्पन्न परिवार था। सुन्दर सी भार्या अंकिता जी थी। एवं उनके दो बच्चे थे। जो क्रमशः कक्षा 8 व कक्षा 6 में अध्ययनरत थे। छोटा सा परिवार सुखी परिवार बन सकता था परन्तु आलोक बाबू अजीब सी

तृष्णा के शिकार थे। सुन्दरता उनकी कमजोरी थी और पैसों की भूख उन्हे हमेशा बनी रहती थी। उनकी इस कमजोरी का फायदा उनके चाटुकार कर्मचारी हमेशा उठाया करते थे।

जीवन में उच्च आदर्श एवं सादगी जीवन को मूल्यवान बनाती है। उच्च आदर्श जीवन को अक्षुण्ण रखते है एवं सादगी किसी की प्रशंसा की मोहताज नही होती है। यह खुद बखुद होठों पर आ जाती है। सन्तोष और तृष्णा जीवन के दो परस्पर विरोधी पहलू है। सन्तोष जीवन को स्वर्ग बना सकता है और तृष्णा जीवन को नर्क बना सकती है। अतः उपरोक्त दोनो गुणों एवं अवगुण का सन्तुलन आवश्यक है। तृष्णा ईर्ष्या द्वेष एवं प्रतिस्पर्धा की परिचायक है तो सन्तोष गुण अद्वैतवाद का परम उदाहरण है। सन्तोष गुण स्नेह सुख शान्ति आंनद का बोध कराता है।

आलोक बाबू अपनी पत्नी से झूठ बोल कर अपनी महिला मित्रों के घर रात-रात भर रूक जाते थे। रात-रात भर सुरा एवं सुन्दरी का खेल चलता रहता था। जब कामिनी पर किये गये खर्चो की सीमा मर्यादा तोड़ देती है, तो परिवारिक जीवन में जहर घुल जाता है। आर्थिक तंगी बच्चों के पालन पोषण का खर्च उनके शौक एवं शिक्षा पर खर्च कम नही होता है। पत्नी की मानसिक सुख शान्ति के लिये पति का सहयोग भी आवश्यक है। पत्नी के शौक पूरा करना आलोक जी के लिये मुश्किल नही था। परन्तु सहयोग एवं प्रेम की वर्षा सरसता भी तो आवश्यक है। आलोक बाबू अपना दायित्व

भूल चुके थे। अपने सुख के मार्ग से भटक कर कुसंग के मार्ग पर चल पड़े थे।

अंकिता जी सब जानती थी। एवं आलोक बाबू से इसी बात पर उनका झगड़ा भी होता था। अंकिता जी जब-जब उनकी रातों का हिसाब मांगती व अनाप-शनाप खर्चों पर आपत्ति उठाती, तो आलोक जी टके सा जवाब देकर वहां से खिसकने का प्रयत्न करते थे। उनका कहना था, रहने के लिये जब रोटी कपड़ा मकान दिया है, बच्चे भी है किसी बात की कमी होने नही देता हूँ! तो अनायास ही मेरे कामों में टांग क्यो अड़ाती हो?

शायद आलोक बाबू को नही मालूम था, कि उनकी रातों की रंगरेलिया अंकिता जी का असन्तोष बढ़ा रही थीं। उनका सुख -चैन सभी छिन गया था। पत्नी एवं बच्चों के सम्मुख अब पति का उज्जवल चेहरा नही अपितु घिनौना चेहरा ही आता था। आखिर घुटन एवं कुंठा से ग्रस्त होकर अंकिता जी ने आलोकजी को घर से निकाल दिया। अंकिताजी एक सुशिक्षित व आधुनिक युग की महिला थी। पास पडोस में होती सुगबुगाहट एवं तानों से उनका मन छलनी हो जाता था। अपने बच्चों के पालन पोषण हेतु एवं सम्मनित जीवन जीने हेतु उन्होंने किसी प्राइवेट फर्म में नौकरी कर ली थी। उनके मधुर व्यवहार एवं कर्तव्य निष्ठा के सब कायल थे।

अलोक बाबू कुछ दिनो तक महिला मित्रों के घर पर रहे तो परन्तु वहां से भी उन्हें कुछ समय बाद तिरस्कार ही मिला ओर उनका जीवन दूभर

हो गया। नौकरी को खतरे में पडती देख उनका नशा टूटा। अब उनके जीवन में पश्चाताप के अलावा कुछ नही बचा था। आलोक बाबू अब जीवन के दोराहे पर खड़े थे। प्रायश्चित स्वरूप कभी सुरा एवं सुन्दरी को हाथ न लगाने की कसम खा कर वे घर लौटे एवं पत्नी से क्षमा माँगी। यदि पत्नी का उदार हृदय जीवन के कटु अनभवों को भुला कर नई जिन्दगी की शुरूआत करने की इजाजत दे दे तो वे नई जिन्दगी की शुरूआत कर सकते है अन्यथा दर-दर की ठोकर खाकर वैराग्य धारण कर किसी धर्म गुरू की शरण में रहना पड़ सकता है। वे यही प्रायश्चित कर सकते है। कामिनी-कंचन का अमर्यादित आचरण उन्हे बहुत मँहगा पड़ा था।

कहते है अगर सुबह का भूला, शाम को घर आ जाये तो भूला नही कहाता।

उदार हृदया सुसंस्कृत धार्मिक देवीस्वरूपा पत्नी ने अपने पति को क्षमा कर दिया। अपने समस्त क्लेशों, कुंठाओं व उपेक्षा को दरकिनार कर पत्नी अंकिताजी ने अपने पति आलोक को स्वीकार कर लिया था। परन्तु कलंक का काला धब्बा जो उनके पति ने अपने चरित्र एवं दामन पर लगाया था, वह शायद ही धुल सके क्योंकि कलंक काजल से भी काला होता है।

❦

जहां सुमति तहां संपति नाना

वह गोधूलि की बेला थी, गाँव–गाँव दुधारू पशु धूल उड़ाते हुये अपने अपने निवास की ओर अग्रसर थे। सूरज की किरणें धूल की धुन्ध में शनै:-शनै: मद्धिम हो रही थीं। ऐसा प्रतीत हो रहा था मानो प्रकृतिरूपी सुंदरी अपना शृंगार कर बड़ी सी लाल बिंदी लगा अपने प्रियतम का इंतजार कर रही है और स्वयं ही अपनी सुंदरता से लजा अपना घूँघट ओढ़ रही है। क्षितिज पर सूरज डूब चुका है। ग्रामीण बंधु अपने –अपने घरों मे दैनिक दिनचर्या मे व्यस्त हो गए हैं। कोई दूध दुहने की तैयारी कर रहा है। कोई चारा-भूसी खिलाने की। महिलाएं भोजन बना कर अपने –अपने बच्चों एवम पतियों को भोजन कराने की तैयारी कर रही हैं। दीपक जल रहे हैं। निशा देवी का आगमन हो चुका है। बच्चे अपनी किताब कॉपी खोले

लालटेन की रोशनी में कहीं अध्ययन, लेखनरत और कहीं हँसी–ठिठोली इत्यादि में व्यस्त हैं। चूल्हे की रोशनी में गौरी का चेहरा दमक रहा है। गौरी दो बच्चो की माँ है उसके पास गोधन के अतिरिक्त चार बीघा खेती की जमीन है। वह एवम उसका पति दोनों इंटर पास हैं। गाँव में ही इंटर कॉलेज है जो लड़कियों और लड़को दोनों के लिए है गौरी के पति गणेश की उम्र करीब 40 वर्ष एवम गौरी की उम्र 35 वर्ष है।

दोनों का दाम्पत्य जीवन सुखमय है गृहस्थी का गुजारा अच्छे से हो रहा है। सोनू कक्षा 5 एवम मोनू कक्षा 3 के छात्र हैं। गाँव मे स्थित सरकारी स्कूल मे दोनों पढ़ने जाते हैं। दोनों बच्चे पढ़ने में बहुत तेज हैं। कभी–कभी आपस में वे कॉपी–पेंसिल इत्यादि के लिए झगड़ा भी करते हैं तो कभी कभी भोजन करने के समय बड़ी थाली–छोटी थाली के लिए भी विवाद करते हैं। कभी मिठाई के अधिक हिस्से के लिए रोते और झगड़ते हैं, तथापि उन्हे माँ के अश्रु नहीं बर्दाश्त है। यदि माँ ने दुखी होकर दो आंसू भी बहा दिये तो मानो वातावरण को लकवा मार जाता है। सन्नाटा भी चहल–पहल के लिए रोता है।

माँ कहती है– तुम दोनों मेरी बात नहीं मानते हो यदि आगे लड़ना–झगड़ना बंद नहीं किया तो मै या तो जहर खा लूँगी या आग लगा कर मर जाऊँगी।

माँ के जाने के अहसास से ही वे दोनों सहम जाते हैं। तब उन्हें अहसास होता है कि उन्होने बहुत गलत कार्य किया है अत दोनों सहम कर आँखों में अश्रु लिए बड़ी ही मासूमियत से बोलते हैं –माँ हमें माफ कर दो अब हम कभी नहीं लड़ेगें।

और सहज हृदया माँ उन्हे अपने गले से लगा कर सचमुच माफ कर देती है। बच्चे पुन: बैर–भाव भुला कर सहज हो जाते हैं माँ के आश्वासन के बाद उनका आत्मविश्वास पुन: लौट आया है। साथ-साथ चहल–पहल भी पुन: लौट आयी है। मोनू-सोनू के पापा गाय के दूध का दोहन करके व अन्य घरों मे पहुचाने के बाद अभी घर नहीं लौटे हैं। रात्रि स्याह हो चली है। शीत ऋतु मे वैसे ही रात्रि का अंधकार दिन के उजाले को शीघ्रता से निगल जाता है। अब रात्रि का प्रथम प्रहर है। गौरी मोनू के पापा कि प्रतीक्षा कर रही है और धीरे –धीरे खीझ कर बड़बड़ा भी रही है – कहाँ रुक गए ? अब तक तो बताकर जाना उन्होने सीखा ही नहीं। आज भी नहीं बताया... वैसे भी इस गाँव मे जंगली जानवरों एवं शराबियों का खतरा रहता है। वे सब आए दिन टकराते ही रहते हैं। उसी दिन परसों रात मे कमला के बप्पा से शराबियों ने पैसे छीन लिए और मारा पीटा भी... वो तो अच्छा हुआ कि अधिक चोट नहीं आयी थी वरना लेने के देने पड़ जाते। इतना सब हो चुका है परंतु मोनू का पापा मेरी तो सुनते ही नहीं।

रात्रि के प्रहार मे रह रह कर ग्राम्य सिंहों के भौंकने की आवाजें जहाँ एक और वातावरण की नीरवता को भंग कर रही थी वही दूसरी ओर गौरी

को आश्वस्त भी कर रही थीं कि कही मोनू के पापा का आगमन तो नहीं हो रहा है।

रात्रि के 8 बज चुके हैं, मोनू के पापा ने लड़खड़ाते कदमो से घर मे प्रवेश किया। गौरी, ओ गौरी–खाना निकाल, बड़ी ज़ोर से भूख लगी है।

गौरी आज अचरज से मोनू के पापा को देख रही थी। मोनू के पापा ने प्रथम बार शराब के नशे मे घर मे प्रवेश किया था। उसने पूछा, ए जी! क्या हुआ आज आपने शराब पी है।

नहीं मोनू की माँ –कमला के बेटे का ब्याह था। उसी खुशी मे आज पी ली। रोज कोइ थोड़े ही पीता हूँ।

नहीं जी, ये अच्छी बात नहीं है थोड़ी हो या अधिक, गलती तो गलती होती है। मेरी कसम खा के कहो आज के बाद कभी शराब को हाथ भी नहीं लगाओगे। देखो झूठी कसम मत खाना, जिंदगी भर साथ निभाने का वादा करके लाये हो। विश्वास मत तोड़ना। पति–पत्नी के रिश्ते की डोर विश्वास पर ही टिकी होती है। ये कलमुँही शराब की लत एक बार मुँह को लग जाए तो घर की सुख–शांति सबका सत्यानाश करके ही छोडती है। ऊपर से जितनी तुम शराब पियोगे ये मुई उतना ही तुम्हें अंदर से खोखला भी कर देगी। अगर तुम्हें कुछ असमय ही हो गया तो मै इन बच्चो को लेकर कहाँ जाऊँगी? इनकी देखभाल कौन करेगा? कहते कहते मोनू की माँ के अश्रु गिरने लगे. रोते–रोते भी उसने कहना जारी रखा। मोनू के पापा अगर घर

की सारी कमाई शराब की लत मे ही लुटा दोगे तो इन बच्चो को क्या भूखा मारोगे? घर खेती सब गिरवी हो जाएगा। मोनू के पापा आपसे हाथ जोड़ कर विनती है कि आज से शराब को हाथ भी नहीं लगाना। मेरी खातिर न सही इन छोटे छोटे बच्चो के खातिर अपने कदम वापस खींच लो!

तभी खबर आई, पड़ोस का लड़का दिलीप दौड़ा–दौड़ा आया – चाचा, चाचा जल्दी चलो, कमला के बाप कि तबीयत बहुत खराब है। कमला का बाप पुराना शराबी था। उसे शराब कि बुरी लत थी, रोज शराब पीता और यार दोस्तों को पिलाता था। उसका जिगर अब खराब हो चुका था, आँखों के आगे गढ्ढे पड़ गए थे। शरीर जीर्ण–शीर्ण हो गया था, वह लड़खड़ाते हुए जिधर से भी निकाल जाता, लोग-बाग उससे मुँह फेर लेते। उसके सम्पूर्ण शरीर मे सूजन आ गयी थी। डाक्टर ने जबाव दे दिया था, उसके बावजूद पीने कि आदत का त्याग उसने नहीं किया था। अब उसके पेट मे बहुत तेज दर्द उठा था व खून कि उल्टी भी हुई थी। लगता था कि जैसे वह अब कुछ ही घंटो का मेहमान है।

गणेश और दिलीप उसके घर पहुंचे। सभी पास पड़ोस के लोग आस पास जमा हो गए थे। अब कमला का बाप अपने बेटे से कह रहा था, बेटा इस शराब ने मुझे कही का न छोड़ा। बेटा आज एक वचन दे दो, किसी के भी कहने के बावजूद भी इस कातिल शराब को हाथ भी नहीं लगाओगे। अब ये घर तेरा है और तू ही इसका मालिक है, अब तो मेरे जाने का वक्त आ गया है, उसने लड़खड़ाती जुबान से कहा।

उसका बेटा अपने बाप कि हालत देख कर जार– जार रो रहा था। उसने रोते–रोते कहा, हाँ बापू! आपके बाद इस घर में मैं क्या, कोई भी शराब को हाथ नहीं लगाएगा। उसका दिल टूट चुका था। अपने बाप की असमय मृत्यु ने उसे व उसके परिवार को बुरी तरह से तोड़ दिया था। यह देखकर गणेश की आँखों से भी अश्रु बह निकले थे। उसने शराब के बुरे अंजाम को साकार होते हुए देखा था। उसके सामने अपने दोनो बच्चो के मासूम चेहरे घूम गए। उसे लगा गौरी सही कह रही थी जरा सी खुशी के लिए दुनिया के यथार्थ को झुठला कर सपनों की दुनिया मे जीना कहाँ तक उचित है? यह तो वास्तविकता से पलायन है, वास्तविकता से मुंह मोड़ कर कल्पना की दुनिया मे कायर ही रहते हैं संघर्षो मे जीकर संघर्षो पर विजय पाकर जीवन जीने की वास्तविक कला को जाना जा सकता है और नई पीढ़ी के लिए प्रेरणादायी बना जा सकता है।

आज गौरी और गणेश का सुखमय परिवार समाज का आदर्श परिवार है। उनके यहाँ शांति है, समृद्धि है, संपन्नता है क्योंकि उन्होने श्री रामचरितमानस के इस मंत्र को अपने जीवन मे आत्मसात कर लिया है।

"जहां सुमति तहां संपति नाना, जहां कुमति तहां विपति निधाना।"

दस रुपए

बहुत समय पहले की बात है। पटना शहर के एक मोहल्ले मे एक कायस्थ परिवार रहता था। ये मेरा संयुक्त परिवार था। पिता को गुजरे कई वर्ष बीत चुके थे तब मैं और मेरी माता जी के साथ मेरे दो सगे भाई अपने परिवार के साथ रहते थे। दोनों सगे भाइयों का विवाह हो चुका था। उनके दो नन्हें मुन्ने प्यारे बच्चे थे।

वो रविवार की सुबह थी। मैंने रात्रि की काली चादर को उतार प्रातःकाल की उज्ज्वल किरणों का स्वागत किया। तब मैं मात्र मै मात्र 16 वर्ष का नवयुवक था। परंतु अच्छे –बुरे की समझ मुझमें अवश्य थी। मै

सीधा अपनी माँ के पास पहुंचा। माँ तुलसी के बिरवा मे जल चढ़ा कर तुलसी मैया से परिवार के सुख–शांति की कामना कर रही थी।

ए तुलसी मैया, परिवार मे सुख शांति रखिहा। हे मैया तोहरे आसरा बा। विश्वास बनाइल रखिहा।

मैंने माँ के चरण स्पर्श किए। माँ ने आशीर्वाद स्वरूप अपना स्नेह भरा हाथ मेरे सर पर रख दिया।

माँ ने पूछा –क्या बात है बचवा ?

मैंने कहा –अब घर मे रहना दूभर हो गैल बा। काहे की रोज–रोज भौजाइन के ताने से कान पक गैल बा। हम आपन अपमान सह तो सकत, पर माँ के अपमान कतई ना सह सकीला। माँ हमरा के दस गो रुपया दा। हम आपन भाग खुद बनाइब। हम इ घर दुवार छोड़ के जा रहली हैं। माँ अपना के ख्याल रखिहा! यह कह कर मैंने माँ चरण पकड़ लिए।

माँ घर की परिस्थितियो से वाकिफ थी अत: उसने रुँधे गले से अपने लाल को गले लगा कर विदा किया। 10 रुपये चुपके से उसके हाथ मे रख दिया। माँ ने कहा–जहां रहिया खुश रहिया। माँ का आशीष लेकर मै सीधा रेल्वे स्टेशन की तरफ चल दिया।

स्टेशन पर भीड़ –भाड़ देख मन मे धीरज धर व्यथित मन से सामान्य बोगी का टिकट लेकर यात्रा प्रारम्भ की। कहाँ जाना है ? किस ओर यात्रा

करनी है? कुछ पता नहीं!, मन भंवर मे फसी नौका की तरह डांवाडोल हो रहा था। परंतु अब कुछ भी हो वापस घर नहीं जा सकता था।

रेल गाड़ी द्रुत गति से अपने गंतव्य की ओर अग्रसर थी। रात्रि के स्याह अंधकार मे रोशनी की किरणें किसी पड़ाव का अहसास करती और पुन: घोर अंधकार मे विलुप्त हो जाती थी। समय की इस आँख–मिचौली के बीच कब आँख लगी कुछ पता ही नहीं चला। जब आँख खुली सुबह का प्रकाश फैला था। रेल अपने गंतव्य की ओर अग्रसर थी। शांत–सौम्य वातावरण मे एक बड़े स्टेशन पर रेल रुकी तो देखा सतना स्टेशन था। यह स्थान मध्य –प्रदेश मे स्थित है। खजुराहो एवं मैहर जाने के लिए लोग यहाँ उतरते हैं। यह मध्य रेल्वे का प्रमुख स्टेशन है जो मध्य रेल्वे को उत्तर रेल्वे एवं उत्तर पूर्वी रेल्वे से जोड़ता है।

कुछ समझ–बूझ कर मैंने सतना मे उतारने का फैसला किया। मेरे पास माँ के दिये मात्र 10 रुपये थे। मैंने 25 पैसे मे भुजा चना खरीद कर दोनों समय अपना गुजारा करने लगा। पचास के दशक मे अनाज बहुत सस्ता था। तब एक रुपये की कीमत आजकल के सौ रुपये के बराबर थी। मै बेंच पर रात गुजारता और दिन मे काम की तलाश करता था। पढ़े–लिखे लोगों का जमाना है, माँ अक्सर कहा करती थी। मै मेट्रिक पास था घर मे भतीजी के विवाह के समय मैंने नया जूता खरीदा था। अब पैसे चुक गए थे और मै फटेहाल था। कई कई दिन भूखा रहना पड़ता था। अतः मैंने नए जूतों की जोड़ी बेचने का निश्चय किया। मै जब मोची के पास जूतो का सौदा

कर रहा था, तभी एक सज्जन उस मोची के पास जूते की पोलिश करने आए। उनकी नजर मुझ पर पड़ी। मै अनमनस्क भाव से उनके जाने की राह देख रहा था, उन्होने बड़े प्यार से मुझसे कहा, बेटा तुम सूरज भानजी के बेटे हो न ? तुम ये जूते बेच रहे हो या खरीद रहे हो ? मेरी हालत देख कर उन्होने भाँप लिया कि ये लड़का घर से भाग कर आया है। उन्होने मुझसे जूते पहनने के लिए कहा और अपने साथ मुझे लेकर चल दिये। ये सज्जन मेरे पिता के परम मित्र थे। इनके कोई संतान नहीं थी अत: उनके परिवार ने मुझे खुशी –खुशी अपना लिया। समय के साथ मैंने ग्रेजुएशन कि डिग्री हासिल कर ली।

चाचा जी ने मेरी प्रथम पोस्टिंग तार घर में करवायी और मैं तार बाबू का कार्य करने लगा। धीरे–धीरे मैंने माल बाबू की नौकरी कर ली और चाचा जी के घर के पास किराए का घर ले लिया। अब मेरी पगार अच्छी हो गयी थी। मैंने अपनी माँ को भी अपने पास बुला लिया था। माँ अब रोज खुशी खुशी पूजा पाठ करती व तुलसी माई को धन्यवाद देती, जिसकी वजह से उसके छोटे बेटे के दिन बहुरे थे।

लोंगों ने मेरा नाम मुख्तार बाबू रख दिया था क्योंकि मुफ़लिसी के दिनो मे मैंने कुछ दिन मुख्तारी का काम भी किया था।

चाचा जी ने एक सुंदर सुशील कन्या से मेरा विवाह करा दिया। मै प्रतिदिन अपनी माँ के चरण स्पर्श कर उनका आशीष लेता था, तब दिनचर्या

प्रारम्भ करता था। विवाहोपरांत मैंने अपनी पत्नी से कह दिया था, कि मेरी माँ की सेवा मे कोई कमी न करना, चाहे मेरी सेवा मे भले ही कमी रह जाए। मेरी पत्नी ने भी मेरी इस सीख का ध्यान रखा। एक दिन मेरी माता का स्वर्गवास हो गया, मै बहुत रोया, चाचा जी ने बहुत समझाया। मैंने अपनी माँ की फोटो अपने पूजा स्थल मे स्थापित की। मुझे लगता है कि माँ हमेशा मेरे साथ रहती थी, एक दिन मै सो रहा था तब माँ ने स्वप्न मे कहा– बेटा मुझे बिच्छू डंक मर रहा है, यह सुनते ही अचानक मेरी नीद खुल गयी। प्रात: मैंने अपनी पत्नी को बताया व मित्रों से इस स्वप्न की चर्चा की। मित्रों ने फोटो उठा कर देखने की राय दी, मैंने उसी समय पूजा से फोटो उठा कर देखा तो एक बिच्छू फोटो के पीछे चिपका था। माँ का कथन एकदम सत्य था।

यह माँ की ही आशीर्वाद था कि घर से भागने के बाद मैं सौभाग्यवश उन उदारमना चाचाजी के हाथों में सुरक्षित हो गया था वरना यदि मैं किन्हीं गलत हाथों में पड़ जाता तो न जाने मेरा क्या हाल होता?

अब मेरा भरा–पूरा परिवार है। मेरे नौ पुत्र व दो पुत्रियाँ है। सभी उच्च शिक्षा प्राप्त गुणी सम्पन्न डाक्टर, इंजीनियर हैं। मेरी पुत्रियों का विवाह हो चुका है, वे सब अपने घरों मे सुखी हैं।

चाचा जी का स्वर्गवास हो चुका है। चाचा जी का मित्र धर्म निभाने का तरीका अनूठा व अविस्मरणीय था मै उनका आज भी पितातुल्य ही

सम्मान करता हूँ। माँ के आशीर्वाद से अब मै सेवानिवृत्त होकर घर पर ही निवास करता हूँ और मेरी छोटी बहू मेरी माँ की तरह ही मेरी देखभाल करती है, उसे प्यार से मै छोटी माँ कह कर बुलाता हूँ। वो झिड़क कर कहती है – क्या बाबू जी माँ का स्थान भी कोई ले सकता है? कोई नहीं!

प्यार का अहसास

प्रात: की नर्म धूप में जब रोगियों का आवागमन शुरू होता है चिकित्सालय कर्मी सफाई झाड़ू –पोछे मे व्यस्त होते हैं व आते–जाते मरीजों को रोकते टोकते हैं।

यहाँ से मत निकलो, वहाँ से निकलो अभी सफाई चल रही है। वार्ड बॉय मेज –कुर्सी की सफाई करता हुआ कहता है –साहब थोड़ी देर बाहर बैठ लीजिये, सफाई हो जाए।

इसी क्रम में मैं कुर्सी पर बैठा –बैठा समय काट रहा था।नर्म धूप न केवल शरीर को गरम कर रही थी, बल्कि ताजगी का अहसास भी करा रही थी। ये शीत कालीन ऋतु थी, अत: समय का अहसास ही नहीं रहा।

शनै: शनै: दस बजने को आया। मैंने अपने कक्ष में आसन ग्रहण किया था कि मेरे कक्ष के बाहर कुछ हलचल दिखाई दी। एक स्वयं सेवी के साथ एक महिला ने मेरे कक्ष में प्रवेश किया। मैं अवाक रह गया जब मैंने उस महिला का चेहरा देखा।

वह मेरी कॉलेज के समय की मित्र थी, जो मेरे घर के सामने किराए से रहती थी। बीस वर्षों के बाद मेरी मित्र मुझसे मिलने आयी थी। वो वाकई बहुत सुंदर थी, उसकी तुलना उस समय की खूबसूरत हीरोइनों से की जा सकती थी। गज़ब का नूर उसके चेहरे पर था। जब स्वर्ण बालियाँ उसके कानो मे गति करते तो उसके गौर वर्ण मे चार चाँद लग जाते थे। मित्र मेरी धडकनों मे समा गयी थी, उसकी स्मृति मात्र से हृदय नाद करने लगता,उसका सामीप्य एवं उससे वार्तालाप करना मुझे हमेशा अच्छा लगता था। प्रात: उठ कर मैं झरोखे से उसे खोजता, उसे देख कर अत्यन्त प्रसन्नता होती थी। उसका नाम मोना था, तब वह अट्ठारह वर्ष की थी, व अत्यन्त मेधावी छात्रा थी।

मेरी परवरिश मे मेरे संस्कारो का बहुत अधिक हाथ है, पिता जी के साथ बचपन मे रघुपति राघव गाते गाते कब ब्रह्मचर्य का दुष्कर व्रत ले लिया, पता ही नहीं चला। मैंने जीवन मे कुछ करने की ठानी थी, मेरा जीवन अपने देश व समाज के लिए समर्पित हो चुका था।

हम दोनों अपनी उम्र के बहुत ही नाजुक दौर से गुजर रहे थे।दोनों युवा दिवा स्वप्न देखते थे। झरोखे से नजरे मिलते ही हृदय की धड़कन व अरमान दोनों जवान हो जाते थे, परंतु मैंने उसके प्यार का हमेशा सम्मान किया, उसकी भावनाओ का हमेशा ख्याल रखा।

वासना रहित प्रेम जीवन में उन्नति के मार्ग प्रशस्त करता है उसका हृदय धैर्यवान व उसमे संकटों से लड़ने की अद्भभूत क्षमता होती है। स्त्री की सुकोमल भावनाये, सुख की अभिव्यक्ति, त्याग की भावना व हमेशा साथ देने की क्षमता व्यक्ति की प्रेरणा स्रोत होती है।

मोना ने मेरे संस्कारों को पोषित किया, परंतु नारी जाति को हर प्रकार का लांछन सहना पड़ता है। नारी जाति की यही विडम्बना है कि सचरित्र होते हुये भी पुरुषो को उसमे दोष दिखाई देता है ।

एक दिन मोना मेरे घर मुझसे नोट्स मांगने आयी, मेरा मन उत्सुक हो गया। उसने बताया कि उसकी बड़ी बहन का विवाह होने वाला है, जब मैं उसे नोट्स थमा रहा था तब मैंने उसकी नर्म उँगलियों का स्पर्श प्रथम बार किया था। वो मुस्करायी थी।

कुछ दिनो के बाद मोना नोट्स वापस करने आयी थी, उसने जो कहा वो मैं कभी भूल नहीं सकता।

उसने कहा –नोट्स तुमने बनाए हैं या पूरी पुस्तक उतार दी है। मैं पुस्तक से ही पढ़ लूँगी।वास्तव मे मैं कई पुस्तकों का अध्ययन कर के विस्तृत

नोट्स बनाता था, जिसमे कोई टोपिक छूटता नहीं था, उसके इस कथन से मैं अवाक रह गया था।

कुछ दिनो बाद मैं बीमार पड़ा, डाक्टर ने आराम करने का परामर्श दिया, माँ ने मेरी अच्छी देखभाल की। अब मैं चिकित्सा विज्ञान का अध्ययन कर रहा था, और वो बी०एस०सी० की पढ़ाई कर रही थी।

समय अत्यन्त गतिशील व परिवर्तन शील होता है। कब मैं डाक्टर बन गया और सबकी सेवा मे समर्पित हो गया, पता ही नहीं चला। कब मोना का विवाह हुआ, पता नहीं।

बीस वर्षों बाद मोना फिर सामने खड़ी थी, मन में आया उसे आगोश मे भर जी भर के प्यार करूँ, परंतु सामाजिक मर्यादा ने पैर रोक दिये। उसके क्लांत, निस्तेज चेहरे को देख कर दुख हुआ।

मैंने कहा –मोना! –तुम

उसने आशावादी नजरों से मेरी ओर देखा, फिर धीरे से कहा श्याम तुमने पहचान लिया।

मैंने कहा –हाँ, मोना !

मोना ने कहना शुरू किया – श्याम, उनकी मृत्यु हुए दो वर्ष बीत चुके हैं।

मैंने पूछा –तुम्हारे पति को क्या हुआ था ?

मोना ने कहा –श्याम मेरे पति को नशे की बुरी आदत थी। मै मायके मे रहती थी, मुझे कुछ पता नहीं था। जब मै ससुराल गयी तो पता चला, तब तक बहुत देर हो चुकी थी। मैंने नशे की आदतछुड़ाने की बहुत कोशिश की किन्तु इन्हे एड्स हो गया था। मुझसे भी छुपाए रखा,रोग लाइलाज था, जिससे उनकी मृत्यु असमय हो गयी। अभागी मैं जीवन के दुष्कर थपेड़ो को सहन कर रही हूँ, साथ मे मेरा एक वर्ष का बेटा है, इसी के सहारे जीवन गुजार रही हूँ।

आज आई॰सी॰टी॰सी॰ केंद्र मे मेरा व मेरे बच्चे का ब्लड टेस्ट किया है जो धनात्मक है।

मैंने कहा –मोना, जीवन मे समय के झंझावातों से कोई नहीं बच पाया है, मनुष्य परिस्थितियो का दास होता है। मेरा एक स्कूल है जो दिव्याङ्ग बच्चो के लिए है, जब मै उदास होता हूँ उन बच्चो से मिलने चला जाता हूँ। नन्हें-मुन्ने बच्चो की किलकारियाँ मेरा अकेलापन दूर कर देती हैं। तुम इन बच्चो की अभिभावक बन सकती हो व अपने पुत्र की देखभाल भी कर सकती हो और शिक्षा दे सकती हो। मैं कोशिश कर के तुम दोनों का एड्स रिलेटेड ट्रीटमेंट सेंटर उचित उपचार कराता हूँ। तुम्हारा आवास स्कूल के प्रांगण मे बना है, जिसमे तुम व तुम्हारा पुत्र सुरक्षित रह सकते हैं।

मोना ने साभार हाँ मे सिर हिलाया तो मेरे हृदय का बोझ धीरे –धीरे हल्का हो गया। जीवन मे कुछ करने की चाहत बचपन के मित्र के लिए संजीवनी लेकर आएगी, ऐसा कभी सोचा नहीं था।

मोना के नेत्र कृतज्ञता वश नम हो गए थे।